风起江南

陆春祥／主编

沈伟富

著

烟雨春江

文汇出版社

图书在版编目(CIP)数据

烟雨春江 / 沈伟富著. —上海：文汇出版社，
2022.9
ISBN 978-7-5496-3872-7

Ⅰ.①烟… Ⅱ.①沈… Ⅲ.①散文集–中国–当代
Ⅳ.①I267

中国版本图书馆 CIP 数据核字(2022)第 155527 号

烟雨春江

著　　者 / 沈伟富
责任编辑 / 熊　勇
装帧设计 / 书香力扬

出版发行 / 文匯出版社
　　　　　上海市威海路 755 号
　　　　　(邮政编码 200041)
经　　销 / 全国新华书店
排　　版 / 成都力扬文化传播有限公司
印刷装订 / 成都兴怡包装装潢有限公司
版　　次 / 2022 年 9 月第 1 版
印　　次 / 2023 年 1 月第 1 次印刷
开　　本 / 880×1230　1/32
字　　数 / 175 千
印　　张 / 7.75

ISBN 978-7-5496-3872-7
定　　价 / 58.00 元

风起江南散文系列第二季（总序）

尽力猛扑而朗朗仓仓

陆春祥

1

西湖孤山南麓，有三忠祠，奉祀袁昶、许景澄、徐用仪三人。袁昶（1846—1900）为桐庐人，我的老乡，他殿试二甲，官至三品，庚子事变，力谏朝廷不可纵容义和团滥杀洋人与外国开衅而遇害。袁昶诗文、书法、藏书、刊印、西学等，诸业皆有突出成就。

辛丑春节，我一直在读袁昶的日记。袁的日记，持续时间长，从同治丁卯六年（1867）三月开始写，从无中辍，一直到被害前。他的日记还不是一般的记事，侧重在求知问学、克己慎思上，目的就是迁善改过。

看一则"癸酉正月"：

癸酉元日帖子。元日书红云，癸为揆度，酉象闭门。士君子必有闭关千日，研几极深之思，而后有揆度庶务，洞若观火之量。*静存仁也，动察智也。*

这一年是同治十二年（1873），鸡年春节，袁昶 27 岁。一个甲子后的鸡年，我父亲出生。袁昶逝后，一个甲子零一年，我也出生了。这样看来，袁昶其实离我很近。不过，年轻人袁昶，思想已经成熟，他虽 30 岁中进士，却早已饱读诗书，有着自己独立的见识。

他解释"癸酉"，别有见地。

"癸为揆度"，就是估计现实情况。为什么他关注现实，从他的经历可以看出，他时刻将读书人的目的与责任和现实紧密相连，虽是保皇派，但在处理义和团滥杀洋人的事件上，眼光却远大，做事不能只顾情绪不计后果，虽被杀，不数日遂昭雪，谥"忠节"。"酉象闭门"，这是从字形上说酉字。闭门干什么？你若要有对事情洞若观火的眼光，则必须闭关千日，将冷板凳坐穿，如此才会形成自己别样的眼光，处理好各种政务。袁昶曾任江宁布政使、光禄寺卿、太常寺卿等，在各个岗位都有建树，芜湖还建有"袁太常祠"纪念他。

静存仁，动察智。胸中有仁义，决事才有智慧。这不是一个死守书斋不知变通的读书人，他将所学与现实、读书与修身、思考与反省紧密结合。

写完那则"癸酉正月"，已经过去整整一年。

又一个年三十夜，袁昶吃过年夜饭，往桐庐城里闲逛。桐君山上祈福的钟声不时撞耳，富春江两岸的爆竹尖叫着频频蹿向空中，街上行人已经开始聚集，小儿成群追着叫着倏忽跑过。袁昶抬头望星空，但见北斗星的斗柄已经指向东方，他内心里不断感叹，还有几个时辰，旧的一年转瞬即过，混混与世相处，隼起鹘落，如弹指一刹那，而自己却学业未精，德行也没有进步，真让人惶恐啊。

严格自律的袁昶，每日三省己身，袁昶日记中，他悟出的人生格言，多得让我双眼停不下来，仅以甲戌年（1874）摘要举例：

人惟无欲，始能刚耳，有欲恶能刚。耐坚苦者，始能进德耳，耽安佚者，则丧德矣。（甲戌正月）

不作无益之事，不道无益之言，不损无益之神，不发无益之虑。

心无二用，自今后作一事竟，再作一事，则心体不疲。（甲戌二月）

抄录七十二岁的黄元同《求是斋记》句：天假我一日，即读一日之书，以求其是；《畏轩记》句：读经而不治心，犹将百万之兵而自乱之。（甲戌六月）

抄录《孙思邈方书》句：口中言少，心中事少，腹中食少，自然睡少，依此四少，神仙诀了。（甲戌七月）

境遇耐得一天是一天，学问长得一天是一天，精神养得一天是一天，嗜欲淡得一天是一天。（甲戌九月）

尽力猛扑，将七阁、四库、三藏、九流、二氏，朗朗仓仓，

一齐装满布袋肚子内，此师南皮之法也。（同上）

不见己之善，惟见人之善。不见己之善，故所诣日进，惟见人之善，故无怨于世。（甲戌十二月）

特别喜欢"尽力猛扑"这一句，活画其读书信念与志气。

袁昶要扑向什么？四库、七阁，指清代收藏《四库全书》的七座藏书楼总称；九流，乃秦至汉初的九大学术流派；二氏，佛道两家。南皮，借代籍贯为南皮以张之洞为创始人的学派，该派以汉学、旧学为体，以西学、新学为用。袁昶的阅读，如牛饮，如鲸吸。如此写下阅读的贪念，他暗自笑起，耳边似乎突然响起《双射雁》中穆桂英的唱词："那绣绒宝刀仓仓朗朗朗朗仓仓放光明啊。"嗯，猛扑，唯有尽力猛扑，胸中才会有光明一片啊！

尽力猛扑而朗朗仓仓，越读越有趣，宛如袁昶就站在清丽丽的富春江边，沐着五月的微风，张开双臂，身子前倾，跟我摆那个猛扑的动作。

2

劲风又绿江南。

风起江南散文系列第二季即将面世。

通读书稿，满心欢喜，文丛的作家们也如袁昶先生一样"尽力猛扑"，他（她）们如饥似渴地扑向经典，努力汲取营养；他（她）们倾力扑向大地，扑向生长养育又骨肉相连的故土，尽情撷取自然的芬芳。他（她），身姿矫健，一路奔跑着穿过光阴，且行且歌。

陈曼冬的《我是陈桂花》，以笔名为书名，构思极其精巧而大显匠心。桂花既是芳香扑鼻的季节馈赠，也是一种温馨而甜蜜的隐喻，作者将细碎过往与缤纷现实灵敏打通，将自然抒写与独特体验无间结合，字里行间不时跃动着智慧、热情、温暖、善良、情趣。

陆建立的《在卫城》，以洪武二十年的卫城为观察中心，老街上的一屋一瓦，祠堂中的一碑一像，城墙上的一土一砖，河两岸的一草一木，古镇上的一人一事，作者都在尽力找寻，一座城的深度，不仅只是历史悠久的碑石与建筑，更是广阔而绵长的地理与文化。

吴燕萍的《一座山的秋色》，在山水间细细觅寻含情的草木，在古老的窄街上静观缓慢的流年，在清冽冽的江边相遇拂面的微风，在温暖的斜阳里感受人生的温馨，山的秋与水的春自然交融，人的心与字的魂贴切呈现，所有的所有，都汇成了疏淡的表达与浓郁的美好。

孟红娟的《家在富春江上》，以郁达夫的闲章作书名，诗意与文情并茂。富春江清丽的山水与两岸多彩的风物，富春江厚重而悠长的历史文脉，皆如烙铁般刻印在作者心上，细密而周到的叙述，阔大的富春山居场景灵动再现，这是陆游诗中的桐庐处处是新诗，这是叶浅予笔下的富春山居新画图。

    沈伟富的《烟雨春江》，为我们刻画了心心念念的新安江烟雨图。这是一个赤子对故园的情感倾泻，山中落叶，平地羞花，从细微处欣赏一切。无论春夏秋冬，无论阴晴圆缺，新安江都是一幅看不厌的画卷，是一本一辈子都读不完的大书。朴素平实而饱含挚情的如数家珍，让人沉醉。

    陈荣华的《爱亦有心》，游南游北，游东游西，作者以浓郁的兴趣、广阔的视野，尽情抒写眼中的大地风景与风物，并努力挖掘出另一层深刻的意义；勾沉往事，深情回忆，浸入骨髓的难忘经历，已经演绎成支撑自己工作与生活的精神支柱。我的卡丽娅妈妈。爱亦有心，有心就是爱。

    羽人的《半墙明月》，用充满好奇的双眼，打探身边周围的一切，试着发现一粒粒尘土中光的质感，一株株芦苇在秋空扬起山茶花一样的洁白，叙述虽节制简约，却有一种横冲直撞的冲力。在庸常的万物中，用文字唤起人们对生活的挚爱，并找到能让自己生命为之沉静的安详。

    柏兰的《山谷幽兰》，人生就是一场旅行，酸甜苦辣悲欢离合乃行旅途中扑面之风景，他乡风物，他乡人文，皆已经深植骨髓，他乡早已成故乡。今夜有雨敲窗，晨起院落梨花，将一地的心语写给自己，也等你踏香。乡愁与梦想与欢乐，茶与流年与岁月，一起慢煮。初阳升，幽兰盛，文字不老。

3

    有人仔细统计了《诗经》中的草木虫鱼数量，计有：113 种草，75 种木，39 种鸟，67 种兽，29 种虫，20 种鱼。

我读过诸多关于《诗经》中草木虫鱼的书，不一一例举。一个简单事实是，这些鸟兽草木，只是赋比兴的喻体而已，我们的先人，想象力极其丰富，他们用这些喻体，隐晦曲折地表达自己丰沛的情感。

因此，对这样一部博大无比的百科全书，孔老师自然钟爱有加。

孔鲤从对面怯怯走过来，孔老师叫住了儿子：伯鱼呀，你仔细读过《周南》和《召南》没有？

孔鲤就怕老爸问，一脸茫然：爸爸，我没有读过呢？

孔老师感叹：唉！一个人如果不曾仔细读过《周南》与《召南》，就会像面朝墙壁站着的人一样啊！

面壁而立，不是面壁思过，而是说你什么也看不到，哪里都去不了。

《周南》、《召南》都居十五国风之首，内容侧重夫妇相处之道，教育人修身齐家。孔鲤一定听懂了，他已长大成人，老爸这是要他系统学习《诗》呢，否则，怎么能适应这个社会呢？

孔鲤在父亲的课堂上，已经多次听到老爸这样教育他的学生：《诗》三百，一言以蔽之，思无邪（《为政》第二）。这里的关键是"思无邪"，"思"为发语词，"无邪"，没有虚伪造作，都是真情流露。诗三百，用一句话简单概括，就是真情两字。文学作品最需直抒胸臆，最怕无病呻吟。这也完全符合我们先人即兴的咏叹，面对残酷的生存现实，恶劣的自然条件，先人们劳力之余，依然手之舞之足之蹈之，自我找乐。

国风，大雅，小雅，周颂，鲁颂，商颂，三百一十一篇，皆为民众心底里喊出，在广漠大地上回响，宫商角徵羽，有时甚至响遏行云。

真诚希望我们的散文作家，对眼前的一切，猛扑吧，尽力猛扑！不虚假，不造作，用心用情善待所有，包括天地间的草木虫鱼鸟兽。朗朗仓仓，仓仓朗朗，听，美妙的旋律，从旷野上、烟波里、花朵中清晰传来。

壬寅桃月
富春庄

目 录 / Contents

下卷　故里梦寻

上 卷

春
江
沉
醉

烟 雨 春 江
yan yu chun jiang

古城寿昌

我们乡下人很直观,直接把寿昌城里叫作街上。小时候,我最爱跟着父亲到"街上"去玩。每年的农历二月初十,是寿昌城里的庙会,我们都说去赶"二月十"。那几天,城里的每个角落都是人,非常热闹。那时我就在想,长大后,我一定要到"街上"来读书。但是直到现在,我也没到"街上"读过书。工作之后,我读了一些地方志,才知道近在身边的寿昌,原来是个非常有历史有故事的县城。

寿昌的前身叫新昌,是三国东吴大帝孙权于黄武四年(225)所设,当时的县城在今天的大同镇古城山一带。55年后,也就是晋太康元年(280),改名寿昌,寓永寿恒昌之意。309年后,也就是隋开皇九年(589),寿昌县并入新安县(县治在今淳安),公元607年,新安县更名为雉山县,寿昌也随之归雉山县管辖。唐神龙元年(705),寿昌从雉山县划出,县治设在郭邑里(现寿昌镇桂花村附近)。可是,在接下来的几十年中,县衙连遭火灾,县治不得不再次搬迁到一个叫白艾畈的地方。万历《严州府志》上说:"寿昌县城池旧治在郭邑里,屡火,徙县东仁丰乡之白艾里。"至于这个白艾畈（白艾里）到底在哪里，历来众说纷纭。有人说在七里岗下的刘家，有人说在现在寿昌镇东门外。我的老家更楼，旧时就叫仁丰，所以，我一直以为，旧志上说的"县东仁丰乡之白艾里"，指的就是更楼，因为直到现在，更楼还有一个叫白艾坞的小村。如果我的推断没错的话，那么我们的祖上也曾经住在"街上"。

志书还说，唐至德年间（756—758），寿昌县治迁到万松山南麓（现寿昌镇政府所在地）。从此之后的一千多年间，就一直没再迁过，直到1958年11月21日，寿昌县与建德县合并，寿昌才结束了她作为县城的历史。

万松山西起周溪东岸的小卜家蓬，东至东门外的青龙头，长不过六里，高不过几十米，严格地说，还不能算作山，只能算是一座山丘。它的北面也有几列山丘，因与万松山相垂直，故名横山。万松山虽然不大，也不高，只因做了寿昌县的北屏，它的地位就直线上升，历代县令也非常重视对它的保护，山上的树木（以枫树和松树为主）不断增多，万松山之名也因之而来。翻开历代志书、文献，对万松山的描写比比皆是。"松枫苍翠，掩映通达"（《严州府志》），"山皆松木，苍翠掩映"（《寿昌县志》），"万松山上山势雄，万松山下灵秀钟"（民国寿昌县长陈焕《寿昌行》），在现在的寿昌镇政府大院（又名万松园）内，还有几株古樟，其枝干遒劲如苍龙，树冠高大如巨伞，这些古樟也不知是哪朝哪代所栽。

万松山延伸到东面，山势忽然向上隆起，然后向南一拐，结束在寿昌江边，这一隆一拐，形成了一个酷似龙头的山包，所以，这个山包又叫青龙头。清朝有个叫童文奎的南昌人游青龙山，写过一首《青龙山凉亭》的诗，诗是这样写的："青龙此处是龙头，好景都从一望收。石径盘旋通古道，稻田回护抱溪流。平芜日落千峰暝，老树风摇万壑秋。寄语路旁来往客，征尘权作小勾留。"青龙山凉亭是元至元年间的寿昌县知县王子玉倡建的。不知什么时候，龙首亭倒了。和龙首亭差不多时候倒下的还有东门外的其他几座凉亭，一座叫作圣水亭，它在东岳行祠的边上，也是元至元年间由知县王子玉倡建。另一座叫去思亭，在东门外，元至正年间，由县主簿海鲁丁倡建。

青龙山上除了凉亭，还有古塔。最早在山上建塔的是明嘉靖年间的县尹陈元和孙仲弼，清康熙四十九年（1710），县令陈学孔认为，在青龙山上建塔镇住了龙首，于寿昌不利，所以古塔被拆去。乾隆九年（1744），县令王兆曾在原塔基上建魁星阁，以培植寿昌的文运。

青龙山下还有一个奇特的水潭——青龙潭。相传潭中的水终年不清，是被龙尾搅的。但是，有冤情的人来到潭边伸冤，潭水就会变清，因此，青龙潭常常成为断案之地——这样的说法是真是假，无从考证，但至少说明了古时候老百姓伸冤的不易。

1982年，有人在青龙山下发现了大量的石镞、石锛，还有红陶、灰陶等，经相关部门鉴定，和城西的六山岩遗址一样，同属新石器时代遗物。这一发现，证明了寿昌在人类发展史上是个非常活跃的地方。

在寿昌城的建设史上，有一个人不得不提，他就是唐景福二年（893）任寿昌县令的戴筠。

戴筠上任伊始，就对整个寿昌县城进行了一番彻底考察。他发现，自横山上下来的山溪之水，经常会把西门外的田地冲毁，他就发动民工，对这一带的山溪加以疏浚，并在西门外挖出一个湖来，把山溪之水引到湖里，然后挖一条沟，把湖中之水引向城东，注入东湖，用来灌溉东门外的田地。在挖西湖时，大量的泥土堆积成一座小山包，人称官山，意为官家所造之山。官山之名现在还在。西湖挖出来后，为方便湖两岸人的行走，戴笃又在湖上建了一座石桥，叫会通桥。又在湖中建一六角凉亭，湖的两岸都有曲桥通往六角凉亭，人们可在凉亭里休憩。戴县令疏浚西湖，不仅是一项变患为利的工程，同时也对整个寿昌的美化起到了重要的作用。

自此之后，寿昌的历代长官对寿昌城池（包括县衙）的建设和美化就一直没有停止过，城里城外，亭台楼阁，寺观庙宇，乃至桥梁、书院越建越多。可是这些建筑和寿昌这座城池及县衙一样，命运多舛。从宋到元，从明到清，每一次改朝换代，城池和县衙就要被重新洗牌一次，毁了建，建了再毁，特别是清咸丰年间，太平军几进几出寿昌城，城池内外，一片狼藉。近百年来，作为县城的寿昌，历经磨难，然后又浴火重生。

寿昌虽是个县城，但在古代，它却是个很闭塞的地方。《严州府志》上说："（寿昌）……地狭而瘠，民啬而野，舟车不通，无鱼盐贸迁之利，故其俗俭而易足，然颇惑于鬼神。"

寿昌人对神灵的敬畏之心是十分令人动容的，仅从各地每年都要举行的庙会就可见一斑。比如李村的"二月二"，劳村的"二月八"，新叶、童家的"三月三"等，尤其是寿昌城里的"二月十"，用盛况空前来形容，是一点都不为过的。

"二月十"起源于纪念寿昌的"三圣"。所谓"三圣"，分别是黑老爷叶林、红老爷刘珏和白老爷夏其光。

　　叶林，北宋时寿昌城里人，家住东门。天禧（1017—1021）年间参加武举考试，一举夺魁，人称武状元。《寿昌县志》上说他成为武状元之后，"选授殿前卷帘使"。据传叶林身长八尺，臂力过人，武艺高强，深得皇帝的信任。家乡人也为出了这样一个人物而感到自豪。

　　关于这个黑老爷，民间还有一个有趣的传说。说他小时候家里很穷，母子俩相依为命。有一天夜里，叶林从葫芦岭（现周村）外婆家偷来一只食镬（铁锅，寿昌人叫食镬），母亲看到后非常生气，要他连夜背回去。可是，这时候天渐渐亮了，儿子背着一只食镬去外婆家，怕被人看见不好，母亲就来到大门外，对着天跪拜道："天啊，你再黑一会儿吧，让我儿子把食镬背回去，给他一个改过自新、重新做人的机会吧。"老母亲的话一说完，天果然又黑了下来。叶林就把那口铁食镬重新背了回去。所以民间又把黑老爷叶林叫作铁老爷。

　　"三圣"之二是红老爷刘珏。刘珏是龙游人，宋皇祐三年（1051）以宣议郎（唐宋时，宣议郎是个从七品的文官）的身份，治理寿昌，政绩显著，深受寿昌百姓的爱戴。刘珏的官阶也随之升高，最后升到正一品，赴京任少保。刘珏死后被谥为忠简。寿昌百姓把他的灵柩迎回寿昌，葬在万松山上。刘珏的二儿子迁居到劳村定居，成为劳村刘姓的始迁祖。劳村的"二月八"庙会就是纪念刘珏父子的。

　　白老爷夏其光是寿昌"三圣"中的第三位。夏其光，字中瀛，江西新建人，明万历三十年（1602）任寿昌知县。后改任衢州常山县知县，之后又到朝廷任给事中，执掌"侍从、谏诤、补阙、拾遗、审核、封驳诏旨，驳正百司所上奏章，监察六部诸司，弹劾百官"，另外还负责记录编纂"诏旨题奏、监督诸司"的执行情况。虽然是个不起眼的文官，却最容易得罪人。所以，夏其光最后被人诬陷致死。夏其光在寿昌为官期间，十分清廉谨慎，也深受寿昌百姓的爱戴，被人诬陷致死后，寿昌人也把他当作"圣人"来纪念，并确定每年的二月初十，与另外两位"圣人"一起接受全县人民的祭祀。寿昌二月十庙会从此产生。这充分表达了老百姓对清官、好官的崇敬之心。

寿昌人把这三位人物的肖像画在东门外的东岳庙里，接受祭祀。其中刘珏的肖像还同时被画在城内的城隍庙里。不知从什么时候开始，寿昌人用樟木把这三个人物雕成木像，替代了画像，放在东岳庙里，并根据这三个人物的不同性格和特点，分别给他们披上黑色、红色和白色的袍子，黑老爷、红老爷和白老爷的称谓就这样来了。

二月十庙会其实是从二月初一就开始了。初一这一天，城内的城隍庙首先开始演戏，要连演四天。初五，人们来到东岳庙，为"三圣"换上新袍。当时的寿昌东门外住着蒋、翁、施三大姓。二月十庙会由这三姓轮流值年，换新袍和抬圣像的事也都由这三姓轮流来完成，一年一换。后来其他热心人也加入到换新袍等工作中来，最后成为全城人的事。

初八一大早，大家把"三圣"像抬出东岳庙，从东门开始向东游，过江后，先后经过大塘边、翠坑口、陈家到淤堨，然后过淤堨渡到新街折回，翻过七里岗，经过刘家、山峰、河村，最后回到东岳庙。

第二天又从东岳庙出发向北游，经过下桂、上桂、岩下、协余，翻过葫芦岭到周村、密山庙，然后分两路，红爷爷刘珏去前村畈、小山，铁老爷叶林、白老爷夏其光经汪家、后大路，两路人马在毛家汇合进城，夜宿邑庙。

第三天，也就是初十，人们抬着"三圣"游街，整个庙会达到高潮。这一天晚上，"三圣"住在西门的马铺庙，全城所有可演戏的地方全都开场演戏，整个寿昌城被鼓乐声所淹没。第二天早上，"三圣"像被抬回东岳庙，整个庙会结束。

"三圣"出巡时，队伍非常壮观，前有明灯火把引路，斧钺仪仗、吹鼓手和戴红帽的唱道班紧随其后，他们一路上敲锣打鼓，放着土铳。抬"三圣"的队伍走在他们的后面，而他们的后面又有旗锣伞、日月扇和押轿班。凡经过的村庄、居户，都要放鞭炮迎接。协余村里的人还有一种特别的迎接方式——全村人一起吃手抓饭（不用碗筷）。过葫芦岭时则偃旗息鼓，无声而过，因为铁老爷年轻时曾在这里偷过一只食镬，虽然后来知错就改了，但人们还是想为他遮点羞。

由于二月十庙会期间，城里城外人流众多，加上这时又是植树的好季节，而春耕也即将开始，所以大街小巷卖树苗的，卖铜铁竹木等器的，比比皆是，至于卖小吃的和卖玩具的就更多了。1958年，寿昌与建德合并，二月十迎神庙会被取消，但物资交流则被一直延续了下来。

历史上寿昌城里名人奇人特别多，比如洪景德父子、毛凤彩父子、方廷熹、洪霈等，说也说不尽。这里只说说一文一武两个人。

胡楚材，北宋年间人，出生在寿昌西湖桥边一户不太富裕的家庭，父亲用自家临街的房屋开了一爿小店，做点小本生意，另外还在城外租了几亩田，自己耕种，以此养家湖口。胡楚材长大后，父亲把他送到离家不远的彭头山书院（在西湖北面的一座小山上）去读书，期望他能出人头地。可是这家书院里的学生都是城里一些富家子弟，整天不读书，只知道玩，先生也不敢多管，学风很差。胡楚材的父亲把胡楚材接了回来，送到离家几十里路外的大同溪口万福寺去寄读。

胡楚材读书非常用功，于庆历六年（1046）考中进士，被授仪真判官。

仪真就是现在的扬州。在宋代，各州府都设判官，一般选派京官充任，相当于现在的特派员。由于胡楚材为官清正，文笔又好，几年后，调到朝廷，任校书郎，专门负责校雠典籍，订正讹误。这是一个没什么职权的文官，也是个非常清闲的官职，只要一心做好自己的事就行了。可是，1069年，在宋神宗的支持下，由王安石发动的一场旨在改变北宋建国以来积贫积弱局面的社会改革运动——史称熙宁变法开始了。胡楚材非常赞同王安石的变法主张，并积极参与其中，因此得罪了一些反对派。宋神宗死后，变法运动随之结束，反对派占了上风，王安石罢官回家，胡楚材在官场的处境当然也是日益艰难。

一天夜里，胡楚材从书馆回到家里，喝了点小酒。这酒一下肚，心中的郁闷就进一步加深了，他想起了家乡的彭头山，于是挥笔写下了一首诗："久客倦行役，故山安在哉。松竹读书室，水石钓鱼台。明月照归梦，西风吹酒杯。亭亭篱下菊，寂寞为谁开。"从此，他就起了弃官回家的念头。有同僚劝他，人这一辈子不容易，从小父母辛辛苦苦把你养大，供你读书，你也辛辛苦苦地考了出来，在朝廷做了官，虽然并无实权，但也聊可光宗耀祖，还是不要多想，继续当你的官吧。胡楚材说，我现在才算明白了，只要用功，想当个官，还是容易的，但想要在仕途上走得好，那是很不容易的。而当了官，却又实现不了自己的抱负和理想，那是更加痛苦了。我还是回到我的故乡寿昌去过平民生活更好。不久，他就收拾行囊，辞官回家了。

胡楚材从小就非常敬重他的前辈——唐朝诗人、同乡翁洮。翁洮中进士之后，并没有选择当官这条路，而是在家乡航头的青山上建了一所青山书院，收徒授课，一边教书，一边吟诗自乐。胡楚材也仿效翁洮的做法，在寿昌江南面的默山下，找到一个理想的场地，建了一座书院，取名默山书院。胡楚材在默山书院过起了悠闲的生活，除教书外，还常邀一些诗友到书院附近游玩吟诗，胸中块垒日渐消除，这个时期的诗作也日趋平和："山腹清凉读书室，山根突兀钓鱼台。缘溪修竹天然有，盈坞柔桑手自栽……"

现在，我们再来讲讲另一个人的故事，这个人叫潘慧娘。

潘慧娘，寿昌东门人，长得眉清目秀，人见人爱。只因父母双亡，她和哥哥相依为命。哥哥潘虎臣生得人高马大，臂力过人，而且十八般武艺样样精通。他对妹妹也是关爱非常，进进出出，都带在自己的身边。

清咸丰年间，太平军攻进了寿昌城，城中一片混乱，街上到处都是乱兵，慧娘和哥哥在乱兵中失散了。慧娘被太平军抓走了。攻打寿昌的太平军将领叫张大全，部下把慧娘送到他的帐下。张大全一看慧娘，大喜过望，就要慧娘做他的老婆。慧娘说，能做将军的夫人，是慧娘的福分，可是慧娘现在有病在身，恐怕玷污了将军的身子。不如等慧娘的身子好了之后，再与将军成亲。张大全听后虽然非常不快，但也十分无奈，只好把慧娘留在自己的军营中。不久后，张大全接到李秀成的命令，要他立即开赴杭州。慧娘也随军来到了杭州。

这年的三月，湘军驻扎在杭州武林门外，并秘密派人潜入城中，与城里一个叫瑞昌的人接头，商讨内外夹攻城中太平军之策。三月初三，攻城战役打响了，张大全奉命出战。经过一天的苦战，双方都没有占上风，只好各自收兵。张大全负了点轻伤，也回到营地。

晚上，张大全对慧娘说，我今天在阵地上遇到一个人，作战非常勇敢，我这一箭就是被他射中的，幸好没伤到要害部位。慧娘问对方长什么样。张大全把对方的相貌大致说了一下。慧娘一听，觉得和自己的哥哥非常相像。但表面上没有表露出来，当晚就叫一位亲信的仆妇秘密前往探问，果然是自己的哥哥。

第二天，湘军发起了猛攻，李秀成的部队被迫撤出了杭州城，但仍然驻扎在万松岭上，准备伺机反扑。

一天夜里，张大全和部下密议，决定打开西湖的堤坝，放水灌城。慧娘躲在一边一听，急坏了，要是此计得逞，杭城必然汪洋一片，全城将士及百姓将会葬身鱼腹，哥哥也不能独免。于是她和一位仆妇一起女扮男装，准备连夜潜入城去，结果在城外就被守城士兵抓住，送到虎臣所在的帐中。慧娘一见虎臣，大声悲呼哥哥。虎臣问，你是谁？慧娘脱去男装，说，我是你妹妹啊！虎臣一见果然是妹妹，一步上前，兄妹相拥而泣。慧娘把太平军要决西湖之水灌城的信息告诉给虎臣。虎臣连忙带人出城察看，果然见有十几个太平军正在偷偷起闸放水。虎臣等人冲上前去，一举歼灭了正在放水的太平军，一边率师连夜攻上万松岭。

张大全闻风丧胆，带着残兵败将，向余杭方向逃去。

　　慧娘跟随哥哥虎臣参加了追剿太平军的部队，并立下了汗马功劳。潘慧娘智勇破敌营的故事也在寿昌街上流传开了。

　　如今的寿昌虽已不再是县城，但古韵仍在，走在城里的步行街上，仿佛穿越在旧时光里，光滑的石板街，高耸的古牌坊，鳞次栉比的古民居随处可见，尤其是寿昌的小吃，肯定会让吃货们流连忘返。这么一个小小的旧城，还有一个机场，有航线连接着黄山、舟山等地，在天朗气清的日子里，坐上直升机，去千岛湖上空兜一圈，不失为假日里的一次浪漫之旅。

千年州府梅城

　　我是十八岁第一次到梅城的，那一年，我考入浙江省严州师范学校。我从车上一下来，就看到远处的山顶上有座塔，那一刻，我是有点兴奋的，因为，一个山里长大的孩子，十八岁才第一次进城——那时，我们家乡人把梅城称作城里——而且是个有塔的城，心想，城里毕竟与乡下不同。

　　放下行李，我就上街去。这城里的街也和我们那里"街上"的街不一样，又长又宽，还有横街。走到头，在江边抬头望，江的那边还有一座塔，这就更让我兴奋了。从此，每当周末，我就在城里城外不停地游览起来。

　　梅城和我们那里的"街上"一样，是个古城，而且是州城，城里人讲的话都是那样让人羡慕，因为在我们听来，是官话。城里的一切都让我这个乡下人着迷，以至多年来，我一直对她神秘面纱背后的故事探个不休。

　　早在三国吴黄武四年（225）之前，梅城（那时不叫梅城，叫什么已经无从考证）只不过是江南地区临江的一个普通渔村，由于地处三江口，人口可能相对集中一些。到了三国吴黄武四年，孙权在他的领地设了好多个县，其中就包括以梅城为中心的建德县，并把他的爱将建德侯孙韶封到这里，所以，县名建德也因此而来，并一直沿用至今。

早在东汉时，有个叫严子陵的人来到富春江畔，并在城东的七里泷中隐居。严子陵，名光，子陵是他的字，浙江会稽余姚人，年轻时就很有名望，后来游学长安，结识了刘秀和侯霸等人。公元 8 年，王莽称帝，侯霸投靠了王莽做官去了，刘秀组建了绿林起义军，决心推翻王莽政权，严子陵则隐名埋姓，避居富春江畔。

公元 25 年，刘秀终于击败王莽，在洛阳建立起东汉王朝。刘秀登基后，思贤若渴，到处寻找严子陵。后得知严子陵隐居在富春江畔，便立即派人把他请到洛阳。这时，侯霸又成了刘秀的丞相。原来他在王莽失势时，便及时转舵。严子陵对侯霸十分鄙视，就不愿在洛阳待下去。刘秀知道这位老友性情高洁、孤介，就亲自把严子陵请到宫中，与他谈论旧事。晚上，还与严子陵同榻而卧。严子陵在睡梦中把脚搁到他的肚皮上，他也毫不介意。不料此事被侯霸知道了，他便在第二天叫太史官上奏，说是昨夜客星犯帝座甚急，想以此引起光武帝对严子陵的猜忌。刘秀听了却哈哈大笑，说："这是我和子陵同睡啊。"然而严子陵却料定一定是侯霸在其中作梗，便找了个机会，不辞而走，重新归隐到富春山下。任凭刘秀如何一而再再而三地征召，严子陵一次都没有答应。

古往今来，隐士可谓多矣！有因怀才不遇的，有因遭人陷害的，有想以退为进的，凡此种种，不一而足。而严子陵的归隐，完全是为保全人格上的独立而甘守清贫于一生。

　　一千多年后，范仲淹被贬到睦州任知州，当他经过当年严子陵隐居过的地方时，弃船登岸，凭吊严先生。在他不长的任期内，主持修建子陵祠，并亲自写下了《严先生祠堂记》（此文连同他的《岳阳楼记》一起，被吴楚材、吴调侯选入《古文观止》），"云山苍苍，江水泱泱，先生之风，山高水长"是范仲淹对严子陵的最高赞誉，也成为后人对严子陵的定评。

　　范仲淹是北宋名臣，从小熟读圣贤之书，深受儒家思想影响，是一个对国家、对民族极端忠诚的儒生，但是，在处世上又非常"书生气"。对他认为不利于国家、民族的事，就站出来直说，他甚至把皇后的废立这种皇家"私事"，也看成是国家大事。宋景祐元年（1034），因反对仁宗废黜皇后，被贬到睦州任知州。但他没有因此而沉沦，仍然以对国家、对人民高度负责的精神，努力做好自己应该做的事，真是"居庙堂之高则忧其民，处江湖之远则忧其君"。

　　范仲淹在睦州仅仅半年光景时间，但他做了很多有益于睦州人民的事情，归结起来，主要是修建学校、书院，鼓励青年读书，努力成为国家有用之材。有据可考的是"景祐中，知州范仲淹始建堂宇庑"（《淳熙严州图经》卷一《学校》）。至于创办龙山书院的事，虽代有所记，但不能确定，而严州人宁可把此事记到范老先生的头上去，也是对这位先贤的崇敬。至今，严州人对范老夫子还是感激不已，为他建祠、立坊，以表达对他的敬仰和怀念。梅城正大街上的"思范坊"即是一例。

　　南宋诗人陆游一家，注定与睦（严）州有着割不断的联系。高祖陆轸是大中祥符年间进士，宋皇祐元年（1049）出任睦州知府，后官至吏部郎中。

陆游出生时，宋室已经南度临安（杭州），睦州也已易名为严州。宋淳熙十三年至十五年（1186—1188）陆游出任严州知州。当时的陆游已年届花甲，朝廷让他来守严州，也不是想让他来此有何作为，只是让他来此"休养休养"，省得他到处喊要"北定中原"。可这陆老头一来到严州，就碰上大旱，他极力向朝廷奏报，免除了严州六县的赋税，为老百姓做了一件实实在在的好事。他在任的两年多时间里，为严州的老百姓做了大量好事、实事，也为严州文化做了大量的实事。他和他的儿子陆子遹（1226—1229 知严州）一起，在严州刻印了一大批书籍，丰富了严州文化。其中陆游自己的《新刊剑南诗稿》《剑南续稿》等，都是在严州刻印的。

严子陵隐居富春山时，离建德县的诞生还有两百多年，但他的品格已经成为富春山水的精魂，也成为后来严州人的风骨。范仲淹守睦州，兴教劝学，为睦州人所敬仰，他的"先忧后乐"思想也深深地影响着睦州人。陆游知严州，一方面劝农重桑，一方面弘扬文化，是一个两手一起抓的地方长官，这一点，难道不是后人学习的楷模？

严州这块土地，因山多地少，相对贫穷，很多时候，一些地方官对百姓的盘剥又狠，所以，常有官逼民反的事发生。比如唐朝初年，有个叫陈硕贞的女人，在新安江上游起事，先是占领了当时的睦州城（今淳安），接着沿水路一直东下，直抵梅城（那时这里是建德县城），占领梅城后，她认为已经站稳了脚跟，天下都是她的了，就在这里做起了皇帝梦，可是梦还没醒，就被唐王朝所灭。

北宋的方腊也是淳安人，他本是一个漆园主，在贪官污吏横行的时代，也率众起义。和陈硕贞不同的是，方腊的势力曾一度扩大到东南十多个州，几乎占领了宋王朝的半壁江山。这可让开封城里的赵宋皇帝慌了神，很快调集各路兵马进行围剿，最后还是把方腊重新赶回到淳安的一个山洞里给捉了。

北宋王朝虽然平定了南方的方腊，但没有抵挡住北方游牧民族的铁蹄，最终把都城从开封迁到了杭州，睦州也被改为严州。有人说，是大宋王朝认为睦州这个地方根本就不和睦，应该严加看管，所以才把睦州改为严州的。其实，严州之名的真正由来，应该和东汉时期在富春江畔隐居的严子陵有关，包括我们常把严州叫做严陵的原因，都是因为严子陵的缘故。

严州的真正兴盛是在元末明初。

朱元璋起兵反元，扫平天下之后，定都南京，认为严州的军事地位不可小觑，就派他的外甥李文忠驻守。这个李文忠一来仗着自己是皇帝的外甥，二来自己年轻气盛，就大兴土木，开始构筑梅花城。我们都知道，天下只有南京和北京是梅花城，南京是朱明王朝的首都，有资格建梅花城，朱棣迁都北京后，也仿南京城的式样，建起了梅花城，也就是说，只有都城才能建梅花城。李文忠把严州城也建成梅花城，岂不是想与南京并驾齐驱？这事最后还是由朱元璋的军师刘伯温出面调停，结果严州只修建了半座梅花城就停了下来。

梅花城到底是一种什么样的城？有人说它的城垛呈梅花状，此言不差，但据老梅城人回忆和一些老照片上看，当年梅城城墙上的城垛并不呈梅花状，而是呈"品"字状的。那为何把严州城和南京、北京城挂上号，也叫梅花城？可能还有另外的原因，因为当年李文忠建严州城时，在东西南北和西北五个方向开了五座城门，同时在每座城门外都建了向外凸出的瓮城，这样的格局，若从空中看，是不是很像一朵梅花？

太平天国时，严州成了太平军经营东南的大本营，他们曾与清军在此展开激烈的争夺战，数进数出，古城内外，血流成河。

美丽的新安江不仅承载了太多的杀戮和血腥，也承载着无尽的温柔和富贵。

明清两朝，徽商兴起，他们借助新安江这条黄金水道，把皖南山区大量的土特产运往外地，换回大把大把白花花的银子，回到故里建起了一幢又一幢白墙黑瓦的住房和祠堂。在接下来的日子里，有人在皖南那个小天地里过起了衣食无忧的乡居生活，有人则不安于现状，重新走出大山，凭着原始资本，在更大的商海中搏击，也有人则选择培养自家子弟走读书取功名的道路。总之，徽商，这个明清时期江南地区特有的群体，在中国资本主义萌芽时期，起到了不可低估的作用。而梅城，则是他们走出徽州的第一站，也是回归故里的最后一站，有人在此一掷千金，有人在此重新扬帆。

城墙的作用无疑是为了防卫外敌的入侵，但是自从进入热兵器时代，城墙不但不能起到防卫外敌的作用，在某种程度上甚至起了反作用。上世纪 30 年代，日机经常轰炸梅城。警报一拉响，全城百姓蜂拥一般涌向城外，小小的城门一时拥挤不堪。情急之下，国民政府只好下令拆除东、西、北三面的城墙，以方便人们逃警报。自从 1912 年，国民政府废除旧府制，严州府不复存在。到抗战期间，作为州城的外衣——城墙也没有了，这座千年州城已经到了名实全无的地步，所以不能再用严州来命名这座古城了，于是，人们又想到了明朝的李文忠，他不是想在这里建一座和南京、北京一样的梅花城吗？那么就用梅城来重新给这个千年古城命名吧——这只是梅城之名由来的说法之一。

梅城扼新安江、兰江、富春江三江交汇处，历来水运通达，以致形成了一个靠水吃水的特殊的水上族群，这个族群有九个姓，分别是陈、钱、林、袁、孙、叶、许、李、何，史称九姓渔户。

严州城外的三江口江面开阔，两岸各有七层宝塔一座，高高地矗立在南北两高峰之巅，著名的严陵八景中的"二江成字"和"双塔凌云"都在这里。所以，一直以来，为生活而奔波的贩夫走卒，附庸风雅的文人雅士，也在这里云集，同时，九姓渔户也凭借这里的有利条件，分别在贩夫走卒、文人雅士等人身上讨生活。

九姓渔户是怎么形成的？就目前来说，未发现有确切的史料记载，民间的说法也有很多，归结起来，大致有这么三种：

第一种认为，这九姓是陈友谅子孙九族。清同治五年（1866）严州知府戴槃在《裁严郡九姓渔课并令改贱为良碑记》中说："相传陈友谅抗师，子孙九族家属贬入舟居……"陈友谅是元末明初与朱元璋争夺天下的对手，元至正二十三年（1363），陈友谅与朱元璋在鄱阳湖展开生死大战，当时的陈友谅兵力三倍于朱元璋，但是，朱元璋有刘伯温等谋士为其出谋划策，最后，朱元璋以弱胜强，战胜了陈友谅，成为大明洪武皇帝。成王败寇历来通则，陈友谅败了，那就是寇，其子孙九族被朱元璋贬到水上，世代不准上岸居住，不能与岸上人通婚，不能参加科举考试，但要向官府缴纳税银——渔课。九姓渔户及其悲惨的命运从此开始。

第二种说法是，这九姓渔户是陈友谅部下的后裔，原因也是因陈朱争天下，陈友谅兵败，其部下的九大家族被贬到水上，永世不得上岸。这九族及其后裔就在江南的江湖上辗转迁徙，严州城外的九姓渔户就是其中的一部分。

还有一种说法是，九姓渔户是南宋亡国之后，一些遗老贵族不甘做亡国奴，带着眷属，来到山水秀美的严陵一带，以捕鱼为生，并发誓，异族不灭，永不上岸。

其实这三种说法，都没有一定的史料为证，民间普遍以前两种说法为多。

梅城的故事是说不完的，不知什么时候，有个民间秀才编了这么一首歌谣：

一座龙山镇梅城，

两座宝塔南北分。

三元坊本商家有，

四不像守府台门。

五瓣梅花两朵半，

六朝营里对魁星。

七廊庙前观风景，

八角亭内斗诗文。

九峰寺外听梵音，

十里埠头送贤人。

这首歌谣里的每句话，都可写成一篇文章乃至一本书。近年来，在有关部门的努力下，梅城古貌重现，已经成为江南地区屈指可数的古名城之一。假日里来梅城，走一走玉带河，然后在古城墙脚，就着几只油沸馃，喝几口地道的五加皮酒，绝对是一件让神仙都羡慕的事。

新城新安江

　　新安江既是一条江的名字，也是一个新城的名字。作为一条江，它发源于皖南山区，流经徽州大地，从深渡进入浙江淳安，继而从铜官峡入建德。60 多年前，铜官峡筑起了一座高坝，这就是举世闻名的新安江水电站，大坝之上形成了千岛湖，大坝之下崛起了一座新城——新安江。

　　新安江城的诞生，首先是因为有了新安江水电站，让这个昔日只有几十户人家的江边小村一下子热闹了起来。另外一个原因是，1958 年，经国务院批准，建德、寿昌两县合并，新的建德县城顺势就迁到了这个正好位于两县之间的新安江。

　　当年的新安江主城区在沧滩一带，而县政府办公大楼则建在园麻岭下。

　　旧时，沧滩一带因地肥人少，滩上多种玉米、小麦、油菜等，沧滩人很为自己能住在这里而感动自豪，他们喜欢把自己居住的地方看成天然粮仓，所以叫"仓滩"，但外人都习惯在"仓"字前面加个三点水，写作"沧滩"。

　　还有一种说法是，沧滩之名源于江对岸庙嘴头的那座苍山庙。

庙嘴头是寿昌的北大门，自古以来都很热闹。相传有位叫关苍的徽州商人曾在这里开了一爿药店。他不仅懂医，还懂药。有病人上门来，他能给人家把脉开方抓药，有时店里没有适合的药材，他还会亲自上山去采。渐渐地，他的名声越来越大，终于成为远近闻名的先生（旧时对医生的一种称呼）。

但不知为什么，这样一位极富善心的先生，却终生未娶。几十年后，关苍无疾而终，人们把他安葬在他常去采药的那座山的山脚。

新安江是一条暴戾的江，时不时会洪水暴涨，两岸人民常受水患。可是说来也真是奇怪，自从关苍去世后葬在江边的山脚，新安江就安分了许多，大家以为，这是关苍的在天之灵保佑的结果。有人倡议，在关苍墓边，修建一座庙，四时祭祀这位保民平安的好人。此庙即为关苍庙，庙后的那座山也因之被称为苍山。

新安江又是一条多潭、多滩的江，古谚云："一滩又一滩，新安在天上。"苍山之下，庙嘴头前，也就是寿昌江入新安江之口处也有一滩，此滩因苍山之名而称"苍滩"，久之，"苍滩"衍变成为"沧滩"。

1972年8月3日，因受台风影响，寿昌江洪水泛滥，并把大量泥沙带入新安江，在沧滩沉积下来，并形成了一个岛，这就是现在的月亮岛。半个世纪过去了，月亮岛成了新安江上一个梦幻般的美丽小岛，特别是在夏天，岛上云雾缥缈，宛若仙境，故有"江上瀛洲"之美称。

新安江北岸的那个小村一直被称作沧滩，其实全名叫沧后滩。

　　沧后滩其实是座孤岛。它的南面是变幻无常的新安江，北面是高山，来自山间的小溪自西向东不断汇聚，最后汇入新安江。民国二十三年（1934）建（德）淳（安）公路从沧滩经过，小溪上建起了两座桥，沧滩才结束了孤岛的历史。

　　沧滩又分上沧滩和下沧滩，一直都是邵姓人的居住地。邵姓人来自淳安，因家谱丢失，已经难以考证他们迁居的具体时间。据老辈人回忆，上沧滩和下沧滩分别都有邵氏宗祠，而上沧滩的村旁原来还有一座建筑恢宏的乌龙庙，是为祭祀他们的先祖乌龙神邵仁祥而建的。

　　民国年间，建德县西洋乡的乡政府曾一度设在下沧滩的邵氏宗祠内。离下沧滩邵氏宗祠不远处有一座庵堂，因四周古松簇拥，故名松林庵，院内有古樟数株。民国年间，西洋乡小学曾设在松林庵内。1946年，西洋乡政府迁到白沙村，西洋小学从松林庵迁到邵氏宗祠。

　　20世纪50年代，为了支持新安江水电站建设，上下沧滩的邵家人让出了自己的住房，让出了世世代代居住的地方，全村迁往别处暂住，并于1969年，转迁到江西武宁县。两座邵氏宗祠也无偿地捐献给水电站建设工地使用，20世纪80年代，两座宗祠相继拆除，上沧滩邵氏宗祠旁的几株古樟却一直挺立至今。

　　随着水电站建设工程的推进，上沧滩和下沧滩逐渐被建设者的棚户所取代，松林庵旧址上留下的两棵古樟成了建设者聚集的地方，这里相继建成了电影院、图书馆、工人文化宫，后来还有了新华书店、文化馆，俨然成了一个文化中心，一个文化广场在初生的新安江城中心诞生了。

　　新安江城与建德县政府所在地麻园岭之间，虽有公路相通，但中间还是隔着一座马鞍岭，岭的南端是普山，北端是月亮坪。

普山是座虽然不高，但却十分孤傲的山。山的南侧是绝壁悬崖，上面枯松倒挂。登临山顶，蓝蓝的新安江尽收眼底。1956年，建德气象站从梅城迁来，设在普山上，担负着建德周边十多个县区的气象观测和预报工作，同时还为航空部门拍发航空天气电报。

月亮坪在普山的北面，因其形似一弯新月而得名。月亮坪是一座很不起眼的荒山，平时只有砍柴的小孩和放牛娃涉足，一到日落西山，就没人敢到这里来了。

两山之下的马鞍岭东侧，原是一片苎麻地，所以这道马鞍形的岭被称作麻园岭。旧时，岭上有座石凉亭，20世纪30年代建建淳公路时，岭被破开，凉亭也被拆除。

也有人说，麻园岭之名的由来，缘于一个传说。

以前，有个姓方的财主以贩卖土特产而发家，几年下来，家势渐大，上到西乡大同，下到州府梅城，都有他的田产。

有一年夏天，方财主亲自押运一船货物到杭州，很快就被等候在南星桥码头的商人一抢而空。方财主收了银两，一时无事，就在杭州城里闲逛起来。

他在中山南路的一家酒馆坐下，要了一碗米酒和几样小菜，一个人悠闲地吃喝了起来。这时，一位商人模样的人走了进来，和他比邻而坐，同样要了一碗米酒和几样小菜，自斟自饮。不多时，两人就搭上了腔。方财主得知对方是徽州人，是来这里贩卖苎麻的，而且听说当年苎麻的价钱特别好。酒后，方财主与那位徽州商人告辞，独自一人直奔杭州的各大麻行而去，一方面想了解一下当年的苎麻市场行情，另一方面也可顺便谈下一两宗生意，回头也可多收些苎麻过去贩卖。可是一连走了好几家麻行，人家就是不理他。方财主低头看了看自己，再看了看人家，发现自己穿的是土布衣衫和自家做的布鞋，而人家身上穿的不是绸就是缎，说到底，自己不够派。方财主一气之下，当天就买舟西上，第二天到了严州府。他在南门头的一家客栈住了下来，在杭州城里碰壁的闷气还未完全消除。第二天，他雇了几个帮手，坐镇三江口，凡从新安江、兰江下来的所有苎麻全部收购。第二年，方财主仍旧坐镇三江口，收购苎麻，一连收了三年。方财主把收来的所有苎麻堆放在新安江北岸的一个大宅院里。到了第三年的秋天，他再次去杭州，这次他是和那位徽州麻商一起去的，并且仍旧穿着土布衣衫行走在各麻行之间，人家照样看他不起。而那位徽州麻商却处处受到欢迎。原因是，三年来，杭州市场上的苎麻极其稀少，价格也高得不得了，大家都来巴结那位徽州麻商。那位徽州麻商指着身边的方财主说，是他把新安江、兰江上游的所有苎麻全收走了。这时，大家才对方财主刮目相看，于是纷纷争相宴请方财主。

几天后，方财主把堆在新安江边的苎麻一船一船地运往杭州。这一年，方财主赚了个盆满钵满。他用赚来的银子，一口气买下了从新蓬口到黄岭后、小古洞一带的所有田地，成为寿昌东乡一带最大的财主。直到太平军打到他的家乡甘溪，从方家搜出来的金元宝就堆了八张八仙桌的桌面。

后人把新安江北岸，当年方财主堆放苎麻的那家大宅院，叫作"麻院"，慢慢地又衍变成了"麻园"。

旧《建德县志》上说："圣湖，在城西七十里，居新安江之旁。深渊澄澈，北有白沙洲为限，不与江通。"读到这句话后的很长一段时间，我常在新安江边探寻，访问当地老人，但没有一个人知道这个"圣湖"在哪里。无意间访到了与普山毗邻的凤凰山南麓原有一座古庙，叫顺天大帝庙，庙初建于明朝，历清、民国，香火日盛，到20世纪二三十年代，才日渐衰落，直到抗战时，才最后湮没。据说顺天大帝庙曾是吴王孙权的行宫之一，所以，庙前的那条路被叫作宫里路。有一天，我登上凤凰山，突然发现顺天大帝庙旧址前的菜地中间，有一块地比周边都要低，隐约是个"湖"的影子，我不敢肯定那是不是就是旧志上说的"圣湖"。

新安江在"圣湖"的东边拐了个大弯，向北而去，在这个大弯的北端，有个叫焦山岗的小村。为何叫焦山岗？我也访问了很多当地的老人，其中有个说法我非常感兴趣，他们说，古时候，从凤凰山脚到焦山岗下，沿江有很多窑，号称百座。窑上日夜不停地冒着烟，以致把附近的山都熏焦了，所以叫焦山岗。有一天，一位徽商从江上经过，他一时心血来潮，让船家把行船速度放慢，沿江数起窑来。他从头数到尾，又从尾数到头，怎么数都只有九十九座，他就上岸想找人问个明白。在江边，他遇到一个满脸沧桑的老者，问，你们号称这里有百座大窑，可我怎么数都只有九十九座？你们是在吹牛吧。这位老者不紧不慢地说，你再仔细数数。说完，悄然离去，消失在一座旧庙边。这位徽商走近一看，只见庙堂正中的那尊座像好像就是刚才和他说话的那位老者。原来这是一座火神庙，堂上正坐的正是窑神童宾。徽商绕到庙后，真的还有一座窑，窑里烧的不是碗钵，而是香烛，这时，徽商才明白过来，为何百座大窑只有九十九座在冒烟的道理。

后来，火神庙的后边出现了一个小村，村里人都姓毕，故名毕家后。现在毕家后已被一家大型超市取代，可当年庙边的那棵古樟经人工迁移，重新焕发青春，成为新安一景。

有关苍庙，有乌龙庙，有松林庵，有两座邵氏宗祠，有麻园岭的传说，有顺天大帝庙，有旧志上有明确记载的"圣湖"，还有焦山岗古窑的传说，可见，新安江这座新城其实还是很有历史底蕴的。

20世纪80年代以后，新安江新城的人口不断增多，高楼一座接着一座拔地而起，这个小小的浙西小城，已逐渐呈现出现代化城市的面貌。1992年，经国务院批准，建德撤县设市。新安江已然成为共和国最年轻的县城之一，同时，她还是第一座"气候宜居城市"。

李渔与严州

　　李渔是清初著名的小说家、戏曲家和戏曲理论家。其作品十分丰富，无论在他生前还是死后，其影响都十分广泛。

　　李渔字笠鸿，初名仙侣，字谪凡，号笠翁、天徒，又号随庵主人，浙江兰溪（今兰溪市孟湖乡夏李村）人，其父及伯父都在江苏如皋做药材生意，明万历三十九年（1611），李渔出生在江苏如皋（也有一种说法，说他出生在兰溪），清顺治八年（1651）李渔移居杭州，清康熙十九年（1680），李渔在杭州去世。

　　李渔的一生经历十分坎坷。他的少年时期基本上是在如皋度过的。他自幼聪慧，曾自谓"襁褓识字"，"乳发未燥"时，即随其伯父登"大人之门"，"髫龄即能诗"，常在自家屋后的梧桐树上刻诗纪年，后来还编撰成集，可惜早已毁于乱世。明崇祯七年（1634），李渔二十四岁，从江苏如皋回到自己的故乡金华府参加童子试。这次应试是李渔一生中最为得意的一次经历。当时的主试官、浙江提学副使许豸对李渔的才华大为赞赏："吾于婺州得一五经童子，讵非仅事！"还将李渔的卷子印成专帙，每到一地，广为宣传。直到四十年后回忆起这桩往事，李渔还十分欣喜：

"予之得播虚名，由昔徂今，为王公大人所拂拭者，人谓自嘲风弄月之曲艺始，不知实自采芹入泮之初，受知于登高一人之说项始。"（单锦珩《李渔年谱》）崇祯十二年（1639）李渔赴杭州应乡试，结果落榜。之后，清兵大举入关，天下大乱。崇祯十五年（1642）李渔再次赴杭应乡试，走到半路，就遇到乱军，只好折回，躲在家乡兰溪的一个山村里不敢出来。至此，李渔致仕之梦宣告破灭。从此以后，李渔再也没有走进科场半步，一生以卖文、卖艺为生。

李渔游历交友甚广。据单锦珩《李渔交游考》统计，李渔一生所交友人，有籍贯姓名可考者七百左右，遍及全国十七个省，二百余州县。在这七百人之中，官员与布衣约各占一半。本文只截取李渔与严州有关之人之事作一简要梳理。由于李渔的作为与当时正统的封建价值观相背，属于"帮闲文人"，其生前死后一直为人们所轻视，所以有关他的生平事迹，在方志以及同时代的文集笔记里很少有记载，尽管他交游很广，其中也不乏文学家、诗人、史学家，比如吴梅村、钱谦益、蒲松龄等，但在这些人的著作中很少有李渔生平活动的记载，这个现象细想起来并不奇怪，说明李渔虽然有些名气，但社会地位是不高的，大家虽然和他交往，但在内心深处，并不一定看得起他。所以，我们考察他的生平活动，主要还得依据他在自己的作品中所提供的信息。

据《龙门李氏宗谱》载，兰溪孟湖乡夏李村的李氏是唐朝时从福建长汀县麻田岭迁到严州寿昌的，到了宋理宗宝祐三年（1255），李氏的一支从寿昌迁到兰溪孟湖。考其迁徙渊源，从福建长汀县麻田岭迁到严州寿昌的李姓，即浙江省杭州建德市李家镇石门堂李姓之始祖，也就是后来诞生了伟大诗人李频的一支。

李家是建德市大部分李姓的发祥地，如大慈岩李村的李姓，寿昌河南李的李姓，般头曲斗村李姓等。可见李渔的远祖在福建长汀县麻田岭，而近祖则是严州寿昌。但从现有资料看，李渔一生从未到过李家寻根觅祖，倒是后来由于频繁往返于兰溪、杭州之间，曾多次涉足古城严州，并在这里留下了一些诗文。

清顺治十八年（1661），李渔五十一岁。这一年，中国发生了很多大事，顺治皇帝死了，康熙皇帝即位，郑成功收复台湾，金圣叹在江苏被杀。而对于李渔来说，也有一件事值得一说。他的朋友周云山将军奉命西征，于这年的八月凯旋。李渔有一首五律《送周参戎云山浦之阳》：

> 儒将从来重，君侯雅绝伦。
>
> 三迁无喜色，百战有完身。
>
> 灰里求遗史，刀边活故人。
>
> 仙华名胜地，细柳正堪屯。

从诗中看，周云山是驻守在浦江的一位儒将，与李渔交往甚笃。周云山凯旋之后，大宴宾客于严州，并与李渔等同游严陵西湖。李渔作《严陵西湖记》以记其事：

武陵有西湖，严陵亦有西湖；武陵有南北二峰，严陵亦有二峰。予未至时，意其效颦于杭，莫之神往。岁辛丑，偶经斯地，周将军以西征奏凯归，大会宾客，一时巨公贤豪、才人墨客星聚。酒酣耳热，严子首建泛湖之议，诸客乐从，遂移酒核往。呼船未至，先循岸而眺。时日已昃，樵担下云，万峰变态，深浅隐现非一状。枫始丹而未匀，有如桃杏初裂；群鹭归栖林莽，又若梨李之烂开。景物移人，几认白帝为青帝。客之工诗与画者，皆喜得异料云。昔人比西湖于西子，言其媚也。予谓在杭者绰约而绮丽，是既入吴宫者也；此则露倩冶于浑朴，其在苎萝村乎？

　　舟至而登，不施篙楫，将军以黄盖蔽日，即以代帆，信风所飐而之焉。鼓吹一作，鱼鸟惊悸，盖前此未之有也。银瓶泻酒，声与瀑音相乱。绕宝华三匝而后登。严之宝华亦犹杭之湖心，但少亭耳，然芜秽诗联无从着迹，亦正以无亭故，是湖以不幸而得幸也。童子折红蓼入舟，击鼓催递，以助觞政，舟中哗笑，与城头击柝声相答。环岸观者如堵，谓自有湖来，不睹此游，舟中何许人，乃能为此辟荒盛事。噫，果如此言，则今日非他，乃苎萝女子于归日也，因发一笑。

　　暝色催人，游者去而观者亦散。时八月二十有八日，同泛者严子元复、姚子居石、胡子伊人、宋子彦兮、施子必忠、陶使君康叔、周将军云山，暨余而八焉。

　　从这篇游记中我们可以看出四百多年前严陵西湖及四周景致的一些概貌：游湖时，因无可为乐，于是就有"童子折红蓼入舟"，大家玩起了击鼓传花以助酒兴的游戏。红蓼是一种水草，多生于水田沟边，当时的西湖中有这种野草，可见西湖是一"荒湖"。湖中间有一宝华洲，游者可"绕宝华三匝而后登"，可见洲不与岸连，是一小岛。洲上没有亭台，更没有题咏，可见是个荒岛。湖岸不远处的山上（估计是西山）林木茂盛，树上栖有白鹭，樵夫常至山上砍柴，山上枫叶将红未红。而远山（估计是城北的乌龙山或新安江南岸的马目山）则"万峰变态，深浅隐现非一状"。当时的西湖上没有游人，连船都是从外面叫进来的，忽然之间来了一帮人，疯疯癫癫地在湖上又是喝酒，又是击鼓，又是"以黄盖蔽日，即以代帆，信风所飐而之焉"，令岸上看热闹的人感到十分惊奇，以致"环岸观者如堵"。

　　李渔在文中所记的同游者有八人，除周云山外，其余七人李渔都以"子"称之，都是一帮布衣。

　　康熙十四年（1675），李渔已经六十五岁了，定居在江宁。他的长子将舒和次子将开分别是十六岁和十五岁。这年夏天，李渔送两个儿子回浙江应童子试。按理说，李渔儿子应童子试应去金华府，可这次却改在严州府。从史料看，当时的中国南方比较乱，西南有平西王吴三桂反，南方有广西将军孙延龄反，靖南王耿精忠反，东南有郑成功的儿子郑经攻入福建漳州，浙东一带匪患严重，时局不定，金华也为匪所乱，故不能举行童子试，只好改在政局相对稳定一点的浙西严州府举行。

　　这次送子回乡应试，李渔的感慨颇多。首先是自己已经过了花甲之年，两个儿子还只有十五六岁，回想自己四十多年前在金华府应童子试时的风光和后来的功名之路一断再断，一生只以卖文和奉迎权贵为生，心中有太多的冤屈和不平，所以，好不容易等到儿子长大成人，他就一心想让儿子去实现自己未曾实现的理想。所以李渔在《严陵纪事》中这样写道：

　　　　十载虚名酒一壶，杖藜随地赚青蚨。
　　　　江干车马惊猿鹤，愈使文章一字无。

　　　　　　　　　　　　　　　　（《严陵纪事·其三》）

　　　　学使巡行择地留，峰峦奇处系扁舟。
　　　　呼儿传与行文诀，笔似悬崖始见收。

　　　　　　　　　　　　　　　　（《严陵纪事·其六》）

　　可见李渔平时对两个儿子寄予多大的希望。

　　李渔两次落榜后，就绝意仕途，甚至对科举制度产生了十分强烈的抵触情绪。但这次却又送两个儿子去应试，这对李渔来说是十分矛盾的，李渔自己也曾这样说：

> 未能免俗辍耕锄，身隐重教子读书。
>
> 山水有灵应笑我，老来颜面厚于初。

（《严陵纪事·其七》）

李渔和一般的封建士大夫不一样，他没有那样清高，而是直面社会现实。因为在那样的时代，如果子孙不读书应考，那只能走自己的老路，这是李渔所不愿看到的。

李渔对严陵山水情有独钟，多少次往返于兰江、富春江、七里泷，都为这一带的山水风光所倾倒。早年他路过这里时，就写过两首诗：

> 渔矶到处有，人死迹随淹。
>
> 独怪此山石，千秋只姓严。

（《严陵钓台》）

> 景到严陵自不凡，幽清如画始开函。
>
> 好山我欲迟迟过，卸却云中半幅帆。

（《七里溪》）

这次送两个儿子应试，他一口气写下了八首诗，除了抒写自己的心情和感想外，也描绘了严陵一带的山水，如《严陵纪事·其一》：

> 严陵风景旷难收，今日何期寓此楼。
>
> 万壑千岩相对语，无心更下钓鱼钩。

历来对李渔的为人评论毁誉参半，有人说他是伟大的小说家、戏曲家和戏曲理论家；也有人说他是混迹江湖和风月场中的有文无行，可嗤可鄙的人物。"游荡江湖，人以俳优目之。"（董康《曲海总目提要》）"其行甚秽，真士林所不齿也"（袁伶

《娜如山房说尤》）"不为经国之大业，而为破道之小言。"（《李
笠翁一家言全集》）李渔在思想和行为上确实有不少污点，他降
志辱身，为封建士大夫和权贵们服务，有时为了"务尽主人之
欢"，甚至阿谀奉承到了令人作呕的地步。其实，他的这些行为，
都是为生计所迫。李渔没有功名，又没有继承父辈们经营的药材
铺，一生只会读书写诗作文，加上他从小就养成的纨绔子弟的习
气，要养家糊口，就不得不这样做。其实，李渔也很清楚地知道
自己身上的这些毛病。他这次送两个儿子来严陵应试路过严子陵
钓台时，把自己卑微的一生和高风亮节的严子陵作了对比，突然
发现自己的渺小和严子陵的高大。他在《严陵纪事·其八》中这
样写道：

> 猿鹤相逢虑见猜，却因鄙事挂帆来。
> 子陵不为儿孙计，归去何颜过钓台。

而在返回杭州再一次路过钓台时，又写下了一首《多丽·过
严子陵钓台》：

> 过严陵。钓台咫尺难登。为身师、计程遥发，不容先辈留
行。仰高山、形容自愧，俯流水、面目堪憎。同执纶竿，共披蓑
笠，君名何重我何轻。不自量、将身高比，才识敬先生。相去
远、君辞厚禄，我钓虚名。再批评、一生友道，高卑已隔千层。
君全交、未攀衮冕，我累友、不恕簪缨。终日抽风，只愁载月，
司天谁奏客为星。羡尔足加帝腹。太史受虚惊。知他日、再过此
地。有目羞瞠。

在这首长调中，李渔毫不掩饰地剖析了自己"面目堪憎"的
一面，说得十分坦率和恳切，强烈的自责之心溢于言表。

李渔在写作《严陵纪事八首》时，还有一个序：

　　乙卯夏，送两儿之严陵应童子试。寓何昼公使君园亭，湖光山色，明月清风，迭为地主。又得观察万肃庵先生暨郡守、治中、邑宰诸侯，适馆授餐，交相拂拭，非但忘暑，不知此身之在客矣。羽书络绎，戎马生郊，期何时也，犹叨庇于群公若此！因赋八绝以志幸。

　　从这个序中我们也可以看出，李渔每到一处，都会受到热烈的欢迎，人人争相设宴款待，然后诗酒唱和。既然李渔的社会地位那么低，那么那些"正人君子"又为什么那么喜欢他呢？这也说明了一个问题："正人君子"们也是很喜欢有人"帮闲"的。

旧时严州茭白船

　　如今的建德梅城三江口，江面开阔，南北双塔倒映水中。那座梅花城城墙，曾经被改建成拦水大坝。而今已重新修建，再现了梅花城的雄姿。

　　梅城在古代是州府所在地，也是商埠重镇。浙西、浙中地区的山货都是先沿新安江、兰江而下，汇聚到这里，然后再从这里转运到省城杭州甚至海外；山外的盐、布等生活用品则逆富春江而上，到这里才分运到浙西和浙中地区。所以，在明清时期，富春江、新安江这条黄金水道是闻名海内外的一代徽商进出徽州的通道。听老辈人说，当年的货运码头集中在北峰塔下的严东关，南门外的城墙脚下则是客运码头。

　　在富春江大坝没有建造之前，梅城的南门外煞是热闹。出大南门，先有一座平台伸向江面，平台的东西两侧各有石阶下到东面的棋盘街和西面的黄埔街上。黄埔街以卖船上用的纤、桨等为主，而棋盘街上的油炸臭豆腐干和油炸馒头至今还留在一些老梅城的记忆中。

　　从棋盘街向东，直到老虎桥下的江面，各种船只挤挤挨挨，难有空隙。江边有棵大杨树，大杨树下，终年停泊着两艘华丽的画舫，当地人叫它"茭白船"（也有叫"江山船""建德船""跳板船"的），这是一种供达官贵人消遣的妓船。这种船高大、宽广超过一般的船只，仿佛水上楼台。船身用生漆漆成亮丽的本色。从外观上看，船的中间部分是一幢楼房，两侧装有花玻璃窗。两头分别搭有凉篷，凉篷下各摆一张小方桌，可供客人品茗喝酒观风景。船的中间是一条过道，两边各设有包厢，包厢内设小床一张，小几一张。这种"茭白船"明清以来一直很兴，而且下至杭州，上至兰溪、龙游、江山的江面上都有，而以梅城、兰溪一带最为繁盛。

"茭白船"到底起于何时，已无从考证，据地方志记载，大约在唐朝就有了，有施肩吾诗为证："可怜江北女，惯唱江南曲。摇荡木兰舟，双凫不成浴。"康熙皇帝下江南时，也有一首咏"茭白船"的诗："岸芳春色晓，松影夕阳微。寥寥深烟里，渔舟夜不归。绿江深见底，高浪直翻空。惯是江边住，舟轻不畏风。"

据几位上了年纪的老梅城回忆说，清末民初，梅城南门码头上有四只"茭白船"，东关码头有两只。

他们说，"茭白船"上的妓女有两种，一种是卖唱不卖身的，她们或给客人弹唱，或陪客人清谈。一般是文人雅士，约三五知己上船，或与船妓谈天品茗，或听乐师、艺妓弹唱。有几位船上人至今还能唱上几句："钱塘江水碧婆娑，郎是画舫奴是河。舫到河中任荡漾，河为画舫掀微波。沿江杨柳绿条条，画舫游来为等潮。潮似郎心舫是妹，任郎高下任郎摇。"

另一种船妓则是卖唱兼卖身的，其主妓叫招牌主，明清时称花魁。这种人貌美艺高，琴棋书画，吹拉弹唱样样都会，是妓中的佼佼者。招牌主是要经花客中的名人雅士、官宦富绅的评议方能被认可，一般都具有一定的文学素养。若哪位佳人被评上招牌主，就要设席酬谢参与评议的花客，从此成为相知，俗称相好，民国后也有称干爹的。

一旦被评上招牌主，便可在红玻璃灯上写上姓名（当然是艺名），挂上头牌，身价百倍。招牌主接客有别于其他船妓，她们要在船上举行一种叫"点蜡烛"的仪式，类似结婚拜堂仪式。

船上的其他船妓称船娘，或称大姐，互相之间则姐妹相称。听上去很亲热，一遇有竞争，相互间也会出现倾轧。因为这些人的待遇以接客多少为衡，因此有的船妓为了招揽生意，常常穿着旗袍，半露着玉腿，横坐在船头嗑瓜子。有客路过，若有半刻的犹豫，她们就要拉住你，把舌尖上的瓜子仁往你的嘴里送。

另外，每只船上还设有女佣、乐师、外局若干人。外局的主要工作是，若有客登船，以飞笺相召。一般都是花客的相知。

早年的严东关聚集了一大批富绅，这些人白天忙于做生意，一到晚上，他们或坐轿，或摇小船，西上南门头，与"茭白船"上的相知会面。当然也有的商人选在"茭白船"上与人谈生意，当地人叫"讲盘子"。

据说在梅城严东关还有一种叫卡子船的，这是政府特设用来收"茭白船"上的税的官船，可见，"茭白船"在当时是合法经营的。

我最早知道"茭白船"是读了《官场现形记》之后，书中用了大量篇幅写"剿匪统领"胡化若奉命剿匪，他带着他的属下，租了几艘"江山船"（其实就是"茭白船"）从杭州出发。本来只有两天多的水路，这班人却走了五六天。他们在船上吃喝玩乐，争风吃醋，把个"茭白船"搞得乌烟瘴气。到了严州，还不肯上岸，天天在船上狎妓、赌钱、吃酒。只因严州一带确实无匪可剿，但为了表功，他们竟随意地抓了一批"良民"回去充数。

　　有一种说法是，经营"茭白船"的多是"九姓渔民"，其实不然，因为"九姓渔民"的社会地位一直以来都是相当低的，他们很难有这样的资本和实力来经营这种高档次的"水上妓院"。据一些知情者说，"茭白船"上的船主（老板）都是一些与地方官府和地痞流氓相互勾结的人，也就是说，在地方上是有些来头的人。有一位老人说了这样一件事：说是有一船家，撑船时不小心碰了一下"茭白船"，船老板就顺手扯过一根竹篙掷了过去，正好打在船家的太阳穴上，致船家当场死亡。此事后来如何了结，老人并不清楚，只知道那个船老板仍旧没事，仍旧在船上做他的生意。所以一般的平民百姓不要说上不起"茭白船"，就连躲之而唯恐不及。至于船上的那些弹唱陪客的女人，包括"接客乌龟""跳板乌龟"等打杂人员，大多是从本地或外地找来的下层贫民。他们生活凄惨，不是挨老板的打骂，就是受客人的侮辱和欺凌。他们终日以泪洗面，还要强装笑脸。清人舒铁云有诗云："只知苏小是乡亲，谁识严陵亦故人。宋嫂羹汤调自好，吴娘歌曲听难真。纱窗掩雨眠双桨，罗袜裁云印一尘。惆怅芳年有华月，几钱能买此青春？" 20 世纪二三十年代，社会动荡不安，民生凋敝，"茭白船"不但数量减少，生意也大不如前。随着陆路交通的兴起，梅城逐渐失去了商业重镇的地位，商业集散地转移，客商锐减，船主纷纷弃船改业，船妓也或从良或改从他业。到了抗日战争期间，梅城就再也没有"茭白船"出现了。

　　"茭白船"是一定社会条件下的产物，作为一种丑恶的、腐朽的社会现象，必将会被历史所抛弃。但它却是研究一个地方的文化史、艺术史、特别是民俗史、社会生活史的鲜活材料。正如马积高教授在《中国妓女生活史》序言中所说："我们可以说，不了解中国的妓女生活史，也就不可能理解中国的文化史、艺术史。"钱塘江、兰江一带曾经兴盛过的"茭白船"也是研究这一地区民俗史的鲜活材料，是不可被后人遗忘的。

烟雨春江

又一次泛舟在富春江的小三峡中，是在一个微雨的冬日。

我已记不清是第几次来这里了。是这里清幽的山水让我永远心向往之，还是这里深厚的文化积淀让我梦牵魂绕？是谢灵运、李白他们把珠玑般的诗句遗落在这里，还是范仲淹、陆游他们把沾满严陵山水的屐履撂在了哪条船上？每次来，我都要静心地在七里泷中寻寻觅觅，在倒映着双塔倩影的三江口，在充满神奇传说的乌龙岭、乌石滩、子胥渡，在古风扑面的江南村，在喷珠泻玉的葫芦瀑布、桃花瀑布，在花红叶绿溪流淙淙的东源涧、坌柏湾，我都会情不自禁地浮想联翩，盘桓良久，或神游八方之外，或情敛方寸之中。时而被"荒林纷沃若，哀禽相叫啸""移舟泊烟渚，日暮客愁新"的诗句缠络得低首凝眉，时而又被"云山苍苍，江水泱泱；先生之风，山高水长"的千古名文激起波澜无限。每次来，虽然看到的是同样的山水，吟诵的是同样的诗文，但每次都有不一样的情愫，不一样的感触——富春江小三峡，是一幅百读不厌的山水画卷，是一部咀嚼不尽的文化典籍，所以，多少年来，我一次又一次地投入她的怀抱，一次又一次地来解读她品味她……

　　江南似乎没有冬天，尤其是在富春江的小三峡中。舟楫所过之处，满眼都是浓浓的绿，浓得像潘天寿先生笔下的泼墨。就在这一片浓得化不开的山腰间，时而可见几簇杜鹃花在细雨中开放着。有人说，这里一年四季都可以看到杜鹃花，并说再过一段时间，这一带山中所特有的野山梅也将盛开。看来，过不了多久，我又将来这里了。

　　这天晚上，我们住在葫芦瀑布下的一个简易的招待所里。

　　招待所的门前有一条小溪，溪水清澈得实在可人。一座石桥横跨其上。站在石桥上，数着桥下的游鱼，游鱼也好像昂着头，在数着桥上的人。人与鱼，不，人与这里的一切都有一种天然的，谁都不能也不愿打破的和谐与默契。

　　入夜时分，天渐渐放晴了。一抹晚霞把整个葫芦湾染得灿烂无限。

　　山里的夜，很静，山风送来阵阵林木的清香，更有路旁舍前的几株修竹在夜风中戚戚私语。白日里浓得化不开的山色，这时也仅存一道轮廓了。屋后山上猫头鹰的"噜噜"声让这个山中的夜晚更幽，更静。

　　徜徉在石桥边、小溪旁，听着脚下潺潺的流水声，打理着白天泛舟江上的所思所想，不知不觉，半轮山月已在山巅徘徊。

　　今晚的月色好皎洁哟！她不断地扯去一缕缕轻纱，把那半边粉脸直直地对着山间的我，一副欲语还羞的样子。我坐在小溪旁的岩石上，与月中的嫦娥交谈。

　　"峨眉山月半轮秋，影入平羌江水流。夜发清溪向三峡，思君不见下渝州。"忽然就吟起李白的这首《峨眉山月歌》来。抬起头，只见月色已把远远近近的山都染上了茫茫的一片。

"月光呀下面的凤尾竹哟……"不知是谁在溪的那边唱起了这首我年少时最爱听的歌，如今人到中年，重新听到这首甜美的歌，而且是在这美丽的月夜，在这个世外桃源般的葫芦湾里，歌声又是如此的甜美，我那埋在心底多年的青春活力又给激活了。

在这个美好的夜晚，有这样甜美的歌让我消受，这是不是神仙才能享受的？如果是，那我一定成了神仙了。

几声歌声，几声狗吠，山中的夜渐渐归于寂静，我也该歇息去了。

一夜无梦。

早晨醒来，窗外又是细雨绵绵，远山近水仍就笼罩在烟雨之中……

富春江畔美女峰

长江上有一段鬼斧神工的三峡，是独绝于中华大地的旅游胜地，尤其是那座神女峰，古往今来，曾令多少痴男怨女为之动容，又让多少文人骚客为之浮想联翩。

无独有偶，富春江畔也有一段锦峰绣岭的胜地，人称小三峡。奇怪的是，在富春江小三峡的深山之中，也有一座神女峰，只是这座神女峰不在江边，而是深藏在江畔的群山之间。

从桐庐出发，沿富春江东岸南行到富春江大坝东端，再沿江入芦茨湾。一路山高水长，景色十分宜人。车行约二十多分钟，远远就可望见村东面的高山之巅立着一块巨石。此石上大下小，像一只拳头高高地竖着，又像一朵蘑菇伫立在高山之巅。问当地人，他们也说不出一个固定的名称，有的叫它一拳峰，有的叫它香炉石，有的叫它仙女峰，近年来，人们都习惯称之为美女峰。

美女峰所在的这座山是建德、桐庐、浦江三县（市）的交界山，人称马岭。山虽高，但路却不难行，一条蜿蜒的盘山公路从山脚一直延伸到山顶，然后越过山岗，进入浦江而今有隧道直通两地。山上奇峰怪石随处可见，故有小黄山之称。

　　那是一个深秋的下午，满山红叶把整座山装点得娇艳万分。我们驱车上得山来，侧身西望，美女峰正好笼罩在斜阳的光芒之中，一圈圈五彩的光环把整个美女罩在其中，美女的头、身子，以至全身都被罩上了一层金光，看上去既美丽又神秘。那光环与山势的巧妙组合就像美女的衣裙在舞动。

　　美女矗立在马岭的危崖之上，面向富春江，侧身望去，她绾着一个大大的发髻，两眼凝视着前方。她在等待着远行人的归来。她从早上一直等到日落西山；从去年一直等到今年；从远古一直等到现在，但始终不见那人的身影。她在这里已经站了很久很久。她在心底呼唤了千万次的人儿，不知他今日在何方。她那一脸的愁容已把四周的山也染得愁容满面，那满山的红叶分明是她的心血所染……面对美女那历尽沧桑的神态，你完全可以做许多许多的想象。

　　我们继续攀登，直到美女的脚下。从近处看，美女的脖子大约只需三四人合抱，而她的头却有脖子的五六倍大小。这么大的一块巨石放在那么小的一根石柱上，这真是大自然的造化。山风吹来，巨石似乎岌岌可危，我们真担心它会倒下来，其实我们的担心真正是杞人忧天。

　　站在美女峰上，极目远眺，建德、浦江两县、市的风光尽收眼底。落日的余晖把层林染尽，真是苍山如海，残阳如血，江山如此多娇啊！

　　如此惟妙惟肖的美女峰藏在富春江畔的这个大山之中未被人识，实在是历史的一大错误，就连像谢灵运、李白、孟浩然这样爱游山玩水的大诗人也与之擦肩而过，否则的话，不知会为她留下多少美妙的诗作。

春江三瀑

作为"新安十景"之一的葫芦飞瀑，深藏在富春江国家森林公园的群山之中，说是深藏，其实离江边码头只不过一华里左右，因为富春江水库的缘故，江边的这个码头早已被冷落，所以，葫芦飞瀑也被"藏"了起来。

那是一个春雨绵绵的上午，我乘舟游富春江，在一个幽深的旧码头靠岸。弃舟登岸，走二十来分钟，就听到有雷鸣般的水声从山后传来。走近一看，一道飞瀑从百尺高崖上飞奔而下，瀑水搅着雨水扑面而来。细看瀑水的上方有一葫芦形的岩洞，瀑水先在里面打几个转，然后飞流而下，狠狠地撞击着潭底的溪石，难怪瀑声那么大。

撑着伞，在瀑布下逡巡，身上、脸上，全被打湿，但游兴不减。当地人说，像这样的瀑布，山里还有很多，而以西源的桃花瀑和东源的高梅瀑尤甚。禁不住诱惑，当晚，我们借住在葫芦瀑布下面的一个招待所，准备第二天去看个究竟。

山间的松风和窗外的溪水声，让我一夜无眠。到了下半夜，天又下起雨来。直到第二天早上，雨丝毫没有停息的样子。溪水猛涨，但仍是清澈无比。

雨天看瀑正当时。我们手举雨伞溯溪而上。溪水绕山而来，小径缘溪而行。两面青山相对而立，壁立千仞，窄处仅容一溪一径通过，宽处也只不过五六十米的样子。

我们先去西源看桃花瀑。

行不数里，只见溪对岸的一山坞里隐藏着一段瀑水，不见头尾，雷鸣般的轰鸣声在山间回荡。因瀑布附近的山上生长着成片的野桃树，一到春天，桃花烂漫开来，瀑布也随之"兴奋"起来，两相辉映，别有一番意境，桃花瀑布因此而得名。可惜的是，我们来的时候，桃花已谢，只留一片绿葱葱的桃林遮去了瀑布的大半，我们只能看到中间的一段。不过这样也好，你尽可以把她的美留给了想象。

出西源折向东源，景色更佳，有小九寨之称。

山间云雾缭绕，奇峰突兀，时而可见一簇野花夹杂在万绿丛中，在雨中颔首微笑。一路看山看水进去，猛然抬头，只见一条白色巨龙突然从头顶直挂到前面的路上，这就是高梅瀑布了。瀑高约有七八十米，从顶到脚一览无余，气势恢宏，声震山谷，瀑水激起的水珠随着搅起的凉风扑面而来，使人不敢靠近。

葫芦、桃花、高梅三瀑各因其不同形态而各具风韵。若把桃花瀑比作一位遮着红盖头的新娘，那么高梅瀑则是一位尽情展露身姿的模特儿，而葫芦瀑布就像法国新古典主义美术大师安格尔《泉》中的那位"浴女"了。

子胥野渡

　　踏上古树参天、杂草丛生的子胥野渡，就像翻开了《吴越春秋》，这里记载着两千多年前伍子胥的故事。

　　抚读忠烈祠上那副"胥岭胥溪胥村胥口青山尚留几多胜迹；忠君忠国忠民忠事绿水长存一缕忠魂"的对联，让人更添几多感慨。

　　早在两千多年前的春秋时期，南方的楚国内部发生了一场宫廷斗争，楚王与太子为了争夺一个美貌的秦女，竟然刀剑相向，闹得满朝鸡犬不宁。其祸也殃及太师伍奢，他与他的长子伍尚还为此丢了性命，次子伍员（子胥）不得不离开自己的祖国，避难他乡。

　　伍子胥历尽千难万险，吃尽千辛万苦，从遥远的楚国逃亡到"吴头楚尾"的桐庐、建德交界处的崇山峻岭之间。他回首来路，追杀他的仇敌终于被甩得不见了踪影，于是喜极而舞，庆幸自己逃脱虎口。从此，这里就有了一个叫歌舞的地方。后幸得一老翁的提醒，他才未忘家仇，他翻胥岭、沿胥溪、过胥村、到胥口，买舟东下，到了吴国，助吴王富国强兵，借吴兵报了家仇。

　　报了家仇后的伍子胥被吴王阖闾任命为相国，并与其他大臣一起，帮助吴王成就了一番霸业。与伍子胥同朝为官的伯嚭是个奸人，每每与伍子胥过不去。阖闾死后，其子夫差继位。夫差听信伯嚭的谗言，疏远了伍子胥，任由伍子胥以死相谏，终究无用，就连他的尸体最终都被抛入江中喂鱼。古往今来，有几个帝王听得进忠言？又有几个帝王辨得清忠奸？就算你伍子胥死一百遍也是枉然，只有善良的老百姓才是忠奸的公正裁判。他们为伍子胥的忠诚所感动，纷纷筑庙建祠，以示纪念，尊崇他为钱塘江上的潮神。

　　站在青山幽幽、江水悠悠的古渡头，就像站在一段幽深的历史隧道里。伍子胥热爱自己的祖国，但他的祖国不但不能容他，反而要置他于死地；同样，伍子胥也爱吴国，且为吴国立下过汗马功劳，但吴王夫差刚愎自用，听信谗言，最终要了伍子胥的性命。都说忠臣无后，诚然！

　　黯淡了刀光剑影，远去了鼓角铮鸣。当年的一叶小舟把这个本来就荒僻的小渡口抛给了青山与绿水，抛给了富春江边这个小小的水湾。山上的树绿了又黄，黄了又绿，江中的水涨了又落，落了又涨，不变的是码头边那个小亭子里贩夫走卒们讲了两千多年的故事。

　　如今，江里的水淹没了码头，也让这里仅有的几家住户搬往他处，只留下山中鸟儿的啼鸣，水中鱼儿的呢喃。荒草遮盖了小径，枯藤爬满了黑石。山风吹过树梢，水波撞击山岩，两相鼓噪，虽喧犹静。两千多年风霜雨雪的陶洗，让这个虽处秀丽江南的河渡，也难免带上一些野性，就像一个被人遗弃的大家闺秀，从此就变成了村姑。每当我来到这里，都会感慨良久。我在水边码头上徘徊，把脚步放得很轻很轻，生怕惊起水边那一只只戏水的鸥鹭；把嗓门放得很低很低，唯恐惊扰了英烈祠中的伍大夫。

蒹葭丛生的渡口，不再留有当年伍子胥的足迹，然而"太古石船"上那些稀奇古怪的文字，如今还有谁能识得？这只"太古石船"也许再也载不动岁月的重负，终于没入江底，沉沉睡去，不再醒来，唯留几艘小木船在水波上随意漂浮。昔人已乘小舟去，此地空留古渡口。这个昔日伍子胥亡命天涯的渡口，如今除了几个来这里发一番思古之幽情的游人之外，极少有人涉足，真是"野渡无人舟自横"。

伍子胥的一生可谓命运多舛，也备受后人的同情和崇敬。建德人如此念念不忘伍子胥，自有更多的理由，因为相传他曾破译过胥口那只"太古石船"上的"天书"，并据此预知天象，为民减灾避难，但凡为老百姓做好事的人，无论你是谁，他们是永远都不会忘记的。

家乡的小溪

　　小溪之于乡村，就像子女之于父母，它们之间是那样的亲密，那样的缠绵，那样的不可分离。

　　我的家乡在长岭脚下，长岭是个风景优美的地方。明朝有个叫郑以耕的人曾在长岭写下了这样一首诗："峻岭萦纡一径分，往来行客讶登云。青松鹤下翻朝露，红树猿啼送夕曛。修竹战风清有韵，细泉绕石曲成纹。上方应是禅关近，清碧悠悠十里闻。"从长岭上下来的那条小溪流经我家门口，它还有一个漂亮的名字：清溪。前人有诗赞道："活水虚明照胆清，细流入耳似琴声。含风微动波纹皱，利物甘泉莫与争。"然而，出生在这条小溪旁的我，却一直没有发现它美在哪里，十八岁那年，我离开了它，在外地求学、工作、成家。可在我的梦里，总也离不开我的家乡，尤其是家乡的那条小溪。我常在梦里看到老牛在溪边低着头，吧嗒吧嗒地饮水，牧童在小溪里嬉戏。

　　由于溪水来自高山，水质清冽，也许清溪之名就是这样来的。不下雨时，溪水不深，刚过膝盖，水底下的小鱼儿和小螃蟹在自由游戏。小溪两岸的青山、绿树倒映在水面上。清风吹过水面，浅浅的波纹把青山、绿树的倒影弄散。

暮色渐浓的时候，窗外依稀可见星星闪烁的眼睛，劳作了一天的村民，开始入眠，小鸟也停止了一天的叽叽喳喳，憩息在树枝头。只有小溪，依然轻轻地流淌，流入村口庙前的石潭，仿佛在轻轻地吟唱，声音是那样的温馨、和谐，催人入梦。

生我养我的小村，其实只有几十户人家，一百多口人，祖祖辈辈面朝黄土背朝天。老人们说，是小溪养活了我们这一村的人。小溪上，随处可见大小不一的水坝，这是聪明的农人引水灌溉的古老方法，把溪水抬高，让它们自然流入田地，所以我们这一小村庄，即使在干旱的年头，庄稼的收成也不太会受影响。

每当夜幕降临，劳作的村民从田里归来，放下肩上的担子和锄头，摘下戴在头上的箬叶笠帽，卷起衣袖，捧起清凉的溪水，洗净脸上的汗渍，搓掉粘在腿上的黑泥，被太阳晒得紫红的脸颊，带着微微的笑，那笑是那样的纯朴和恬静，额头和眼角的皱纹，刻着岁月的印记。我想，只有那一片田野和那条流淌的小溪，才真正懂得他们。

小溪上面有座小桥，是一座用六根木头并在一起的最原始的桥。桥的栏杆，是用一条条牛绳连接起来，拴在桥两岸的两棵大树上。下大雨发洪水的时候，清澈的溪水也会变得浑浊，水漫过木桥，桥摇摇欲坠，全村人的心都会被提到嗓子眼上，生怕那六根木头被水冲走，因为要找那六根同样大小的木头实在不易。

有一年，暴雨连着下了一整天，溪里的水已经漫到桥面上了，六根木头全在水下挣扎着，村里一个叫老根的人来到溪边，他试图把桥拆下来，拉到高处去。结果连人被洪水卷到凶猛的溪水里，好在他水性好，力气又大，他拉住了岸边的一棵小树，才得以逃生。后来，桥真的被冲走了，他在桥边哭了好久。

　　现在的村庄，幢幢新房像竹笋一样长出，和我在家的时候已不可同日而语。溪水也比以前清澈了许多，但那条小路和那座木桥依然。前些日子，我回到村里，村里人说，村里要修公路了，一直要修到长岭上去。我说，这是好事。他们还说，要在村口的小溪上修一座水泥桥……

　　再过了些日子，我再次回到家乡的时候，路已修通，桥也造好，当年我们嬉水的地方，正好被水泥桥盖住。聪明的村里人，在桥下修了个小小石埠头，妇人们在溪里淘洗，再也不用晒日头淋雨了。

再上乌龙山

红叶染秋，正可登山。

那年的秋天，也是这样的天气，我们相约再去登乌龙山。

上到山顶，四周群山已失高。远山如黛，层峦叠嶂。三江口，波光点点，新安江与兰江相会于双塔之下。一道城墙，把一座千年古城回护于怀中。城中的东西二湖，就像这座古城的两扇心灵之窗，仰望苍穹。我们在山顶的一举一动，好像都被她看在眼里。

乌龙山有两个主峰，西边的峰顶宽阔平坦，上有一座木结构的航标塔，因弃之不用多年，木头都已腐朽。塔下茅草葳蕤，成了兔子们的安乐窝。

东西二峰之间的山谷里，柴草茂盛，必须低头，才能钻过。相对于西峰，东峰就显得峻拔得多。峰顶是一块裸露着的乌黑巨岩，上面仅可坐十来个人，不知乌龙山这名，与这块乌黑的巨石有无关系。20 世纪 80 年代初，要在乌龙山建一座电视差转台，台址就选在这块巨岩之上。那时，我正在严州师范读书，学校还搞过一次活动——背砖上山建基站。记得那次我先是背了十块红砖上山的，可不到山腰，就力不从心了，只好放下两块。背到山顶，只剩下六块了，其余的，都由当地农人代我挑了上去。

机房就建在巨岩下的一个石窟里。石窟高四五米，是个天然的人居之地，稍加改造，就成了差转台的机房，而且很有"家"的感觉。

走了两个多小时的山路，身上汗滋滋的，山风一吹，还有点冷。虽是秋季，但山顶的温度却已接近冬天。

来了人，一对"汪汪"热情地迎了出来，主人喝住了它们。

主人是一对夫妇，梅城人，他们常年守候在这里，每星期派一人下山一次，背点油米等生活必需品上山。

山上有的是地，空闲时，男主人在山前山后，开挖出一块块大小不一的田地，按照不同的季节，种上不同的蔬菜、杂粮。眼下，地里的玉米早已收获，番薯也开始挖了，青菜、萝卜正长身子，又嫩又绿，十分可人。

女主人则在门前的空地上，搭了个鸡棚养鸡。白天，鸡在山上的杂草间寻找虫子、野果吃，晚上，自动回到鸡棚里来。她说，鸡把蛋都下在山上，想吃，就到山上去找。她还说，去年，有好几只母鸡从草窝深处带出小鸡来。

坐在门前喝茶，太阳慢慢地落下西山，此时，水天一色，倦鸟归林。被夕阳染红的新安江水，就像灯光下的五加皮酒，色泽温润，令人沉醉。主人喊，开饭啦。

餐桌的正中间，是一只大砂锅，里面炖的就是山上养的土鸡，围在四周的，全是山上种的菜蔬。

酒也是土酒，有杨梅浸的，有野生猕猴桃浸的，甚至还有用大野蜂浸的，如果喜欢，还可加点蜂蜜，他说，蜂蜜也是自己养的蜂酿的。看来，今晚我们吃的尽是土货，感觉好有口福。

三杯酒下肚，全身开始发热。山风很冷，但对于我这个热身子的人来说，感觉还是很舒适的。

天完全黑了，酒足饭饱后的我们，站在门外远眺，可是除了几点亮光外，什么也看不见。倒是天上的星星十分耀眼，一颗颗，就像钉在头顶，天净得就像刚洗过一样。一颗流星从头顶划过，又一颗流星从头顶划过，它们都不知道去了哪里。

外面冷，回屋吧。主人说。

女主人已经把火炉生好。

山上的夜晚无事可做，大家只有围着火炉说闲话。主人相继去睡了，火炉里的炭火也慢慢地燃尽，大家也只好各自睡去。

山上真的太安静了，连野兽的叫声都没听到。大概这就叫远离尘嚣吧。

我有"认床"的毛病，翻来覆去，怎么都睡不着，一直在床上"翻烙饼"。实在熬不住了，披衣起来出门，来到后山，坐在巨岩上。东边，启明星伴随着一弯弦月挂在天幕上。天慢慢地亮了。很快，东边的山被光亮衬得如刀剪一般，那光亮由白慢慢变红，最后变成了"炼钢炉"。一块闪着红焰的钢尖，刺破天幕，跃然山尖。霎时，天地全被染红，我的整个人，包括身下的这块巨岩，也都成了红色的。

一只小鸟飞到我的眼前，落在一棵小树枝上，朝我眨了眨眼，脆脆地叫了几声，又匆匆地飞走了，把一枝露珠弹落在我的身边。

这时，男主人也起来了，他挑着两只水桶出门，见我坐在巨石上，惊奇地问，这么早起来干吗？

　　我反问道，你是去挑水吗？他说，是的。我问，这高山之上，到哪里去挑水？他说，后山有一孔泉水，水很清的。

　　我就跟着他，一直朝后山走去，好不容易在一片杉树林里找到了那孔清泉，他用小竹桶把清澈的泉水往水桶里舀，一担水舀满，泉眼也差不多干了。他挑起水桶，稳稳地往上走。途中，我说让我来挑一下。他说，不行，这路太难走……我知道他的意思，如果一不小心，一担水会被我全报销的。

　　水挑到家，大家也都起来了，一个个伸着懒腰，说，这天气真好，山下云雾缥缈，住在这里，有一种神仙般的感觉。

　　果真像神仙一般吗？从他挑这一担水的艰难程度来看，这神仙也真的不好当啊。

　　吃过早饭，我们下山去了。男女主人，还有那两只"汪汪"，并排站在门口送我们……

龙门上

一个宁静的山湾，没有人声，只有鸟鸣。山很高，也很深。天上有几朵白云，从这座山顶飞过那座山顶，然后就不见了。山上树木茂盛，春天有花，秋天有野果。山间一泓清泉，汇聚成一湖碧水，把四周的山全倒映在湖中。时而有水鸟从水面掠过，犁出一线白色的水花，继而复归平静，而那水鸟已在对岸梳理羽毛，时不时回过头来看一眼对岸的我们，显得既悠闲，又自信。

水边搭一茅屋，屋前摆几个木墩，算是凳子。桌子也是用整块的木头随意拼接而成的。菜是屋后种的，不用化肥，长得歪不啦叽的，有些还被虫子咬得千疮百孔。灶是土灶，烧的是从后山捡来的干柴。茅屋边是一片有上百年历史的野生茶园。喝着从这个茶园里采来并自己炒制的茶，心便飞到了山的那一边，和白云为伴去了。

住在这样的地方，最好有几本旧书相伴，书不必是高头巨著，类似于《西湖梦寻》最好；累了可持一根用山上的小毛竹做的鱼竿，到湖边坐上半天，有没有鱼上钩不重要，重要的是那种感觉。

午后的阳光洒在林间、水边，此时，若漫游山林，或徜徉水边，看天上云卷云舒，任思绪于天地间自由翱翔……

要是能在这样的地方度过哪怕只是一天的光阴，那一定是神仙般的快活了。

这个地方叫龙门。

龙门在哪里？

龙门在罗村水库里……

夏日 "冰河" 新安江

　　酷日炎炎的夏日，若能寻得一方清凉，无异于久旱逢甘露。而在浙江建德，也就是钱塘江的上游，有一段江叫新安江，那可是夏日里的一条"冰河"！

　　称新安江为"冰河"并非夸张。试想，在大气温度达到 35 摄氏度以上，甚至 40 摄氏度的夏天，其江水的温度仍然保持在 17 摄氏度左右，这不能不说是一种奇迹。

　　夏日里来到新安江，当你沿着江堤台阶一步步往江边走去，你会明显感觉到身上的暑气被一层层地剥离，直到你站在清澈见底的新安江边时，身上会起一层鸡皮疙瘩，全身的汗毛会直竖起来，好冷啊！

　　在江边，时常会出现这样的赌局：

　　"如果你能赤脚在江水中站一分钟，我请你吃虹鳟鱼片！"

　　虹鳟鱼是世界名贵鱼类之一，是一种冷水鱼，而且对水质的要求十分的高。1959 年周恩来总理访问朝鲜，金日成同志曾赠虹鳟鱼，先在黑龙江养殖，后因人工孵化效果不大而停止。1971 年，又在山西晋祠试养。1986 年移养新安江，获得成功。请吃虹鳟鱼片，那可是一个大"赌"。

　　不过，这样的局赌，基本上以设赌者赢而告终，应赌者是很难吃到新安江中的一宝——虹鳟鱼片的。因为大气和江水之间的温度差实在太大了，人站在江水中，一股寒气会直透皮肉，深入骨髓，不到半分钟，你就会跳着蹦上岸来，连声叫喊："吃勿消！吃勿消！"所以新安江人把夏日里能在江中游泳的人称为"耐寒勇士"，当地政府每年都要在夏季组织开展"耐寒勇士"比赛。

　　新安江地处江南，上游并无雪山，其江水的温度为什么会那么低呢？因为在她的上游有一个巨大的人工湖——千岛湖。20 世纪中叶，新安江水电站建成并蓄水发电，千岛湖由此形成，库内的水位一下子被抬高了 70 多米，而发电的水都是从库底涌出来的。由于巨大的压力和远离湖面的阳光，使得库底的水温接近冰点，新安江水电站距新安江城 10 公里，冰冷的湖水流到新安江城下，水温仍然保持在 17 摄氏度左右。江水裹携着大量的冷气从上游一路而下，给沿江两岸带来阵阵清凉，所以有人说，新安江是一个巨大的天然空调。即使在夏天的中午站在新安江边，无论头顶的阳光多么灿烂，你都不会感觉到热。

　　正因为江水的温度太低，所以新安江有这么几个特点：首先是由于江水和大气的温差大，江面上常常会形成仙境般的平流雾，著名书法家沙孟海先生还为此题写了"白沙奇雾"四字，现已成为"新安十景"之一；其次是新安江人一年四季都要用热水器，特别是在夏天，直接取之于新安江的自来水若不经过热处理，谁也不敢直接用来冲凉；第三，一到夏天，新安江人常用一种节能的空调——水空调来调节室温，这种空调既低碳又环保，而且效果很好。前面提到的虹鳟鱼之所以能在新安江落户，其重要的原因就是，这里不仅水质好，水温也适合它们的生长。

暮鼓晨钟塘山寺

　　一个秋雨飘飞的傍晚，我们去了塘山寺。

　　塘山寺坐落在李家镇西约三公里处的塘山上。山并不高，几十分钟即可登临，有并不规整的石阶自山脚直铺至山巅，上下山并不难走。山腰处还有一座供登山者歇脚的凉亭，是前后开门，左右有墙，墙脚各设一排石凳的那种。一路上林木森森，松杉茂密，细雨裹挟着山岚氤氲在山道左右，让登临者始终沐浴在树木的清香之中。

　　石道尽处有一水库，我想塘山这名也许因此而来吧。只因今年夏天少雨，库水几近干涸，只留满地水草铺在四周。沿着水库进山，忽见有亭翼然于谷口，这是一座六角石亭，上书"问心亭"三字。入亭少憩，抹一抹脸上的水珠，深深地吸一口山间清新的空气，听山风掠过树梢，看白云遮去山顶，心中顿时有一种超然红尘的感觉。

　　这石亭其实就是塘山寺的山门，坐在石亭内，就可见百步之外那座庄严肃穆气势恢宏的塘山古寺了。

　　古寺初建于何时已无可考，据当地人说，大约在隋唐时期就有了，后屡废屡兴，现在的寺庙是 20 世纪 90 年代初重修的。正殿分前后两进，供奉着观音、如来、四大金刚、十八罗汉等，一尊弥勒佛像的座基刚刚砌好，佛像尚未"入座"。大殿左侧是念佛堂，右侧是禅房。寺内只有一位和尚，六十多岁。见我们到来，很热情地引领我们前后左右地看了个遍，然后给我们沏茶，打扫好了几间禅房，让我们歇下。我们连他是何方人氏，缘何云游到此，法号为何，都未及问起，他便忙他自己的去了。

山下村里一老者听说我们上山礼佛，也随后上了山，他在我们几个还在禅房中闲坐时，就去殿前寺后的菜地里摘了丝瓜、豆荚、红椒，挖了毛芋，悄悄地给我们整出了一桌丰盛的斋饭。老者在喊我们用晚餐的时候，天上的雨还没有停，天色已经渐渐地暗下来了。

你还别说，吃多了油腻之后，难得吃这样一餐素斋，感觉还是挺好的。那一餐，我吃下了两碗半米饭。放下碗筷，我突然想起那位和尚师傅还没有来用斋，便问老者。老者说，这和尚师傅一天只吃两餐，下午过了三点钟，他便不再进食了。我忽然有些为之感动了。我想，当今之世，红尘滚滚，灯红酒绿，饕餮之徒，往来如织，而这出家之人，不但能抛却凡间的一切诱惑，来到这深山古刹中吃斋念佛修行，就连吃食都这样克制，没有一定的虔心和定力，是难以做到的。

平时也曾买过几本佛经之类的书，苦于忙于杂务，并未细心读过一本，今日上山也忘了带上一本，我们几个只好围坐在一起闲聊。

夜色渐浓，云气渐深，禅房内一灯如豆。这是一个极好的围炉夜话的雨夜，当然，秋天的山中不必有火炉，但像今夜这种静谧祥和的氛围，实乃平生少遇。

　　我们聊的话题，当然离不开佛了。说实话，我们几个于佛是地地道道的门外汉，况且在这千年古刹，岂能释氏门前乱谈佛？不过无知者无罪，佛是不会怪罪我们的无知的。何为佛？我说，人若能摈弃心中的一切杂念，不为世俗名利所诱惑，就像寺内的那位师傅一样，我想离佛也就不远了吧？简庵兄则说：人弗为佛，人为则伪。细细想来，颇可玩味。

　　正聊着，寺内传来几声振聋发聩的钟声，接着就听师傅在大殿内一边撞钟，一边念着佛经。师傅念的是何经文，我们一句都听不懂，但那洪亮的钟声却声声撞击着我们的心坎，回想起山门口那座"问心亭"上"问心"二字，有如醍醐，让人警醒。

　　是啊，芸芸众生，终年忙忙碌碌，从早忙到晚，从春忙到秋，从小忙到大，从大忙到老，最终都不知道自己到底在忙些什么；我们患得患失，斤斤计较，为功为名，为利为禄，为爱为恨，为情为仇，最终可能连什么是功名利禄，什么是爱恨情仇都弄不清楚了。在回荡的钟中，我吟了这样一首诗："古刹森森觅旧影，千年圣殿听钟声。不知一夜山前雨，涤尽胸中多少尘。"

　　晚钟响过之后，山间又恢复了寂静。这静是那种直入人的精魂深处的静，身处这空寂的山寺之中，人的思维可以超越时空，思接千载。也只有在这样的环境之中，人的灵魂才可以得到升华。

　　我们不想打破这寂静的夜晚，我们各自拥衾独坐，听寺前那株桂花在秋雨中飘落的声音，听窗外的秋虫此起彼伏的鸣唱，让思绪随着山风飞越，然后在这些小生灵的乐声中，渐渐地进入梦乡……

　　又是一阵钟声把我们从梦乡中惊醒，等我们揉着惺忪的睡眼走出禅房时，师傅已经早早地在做功课了……

藏在深山中的里诸

　　建德真是一块钟灵毓秀人杰地灵的地方。别的不说，一部《三国》就与建德割不断理还乱。

　　相传，东吴大帝孙权的外婆家在梅城，孙权小时候常到梅城外婆家玩。称霸江南后，收能征善战的孙韶为义子（孙韶原姓俞），封地在建德，他的一支后裔现居马目孙家。大慈岩镇下金刘村有一支刘姓据说是西蜀大帝刘备后裔。至于一代贤相诸葛亮的后裔，在建德的好多地方都有。我们最近去的寿昌镇里诸村，就是诸葛亮后裔在建德的最早居住地。

　　说起里诸，我的许多朋友都不知道在哪里，其实直到几天前，我也没有去过里诸，只知道里诸在寿昌翠坑口的里面。以前去寿昌路过翠坑口，见公路桥下的溪水清得让人不敢伸足，我就在想，这溪水的源头里诸一定是个山清水秀的地方。

　　一个冬日的早上，我们终于踏进了里诸这个让我神往了许多年的地方。车子一进山口，果然让人惊诧，这不就是陶渊明向往的那个桃花源吗？"……山有小口，仿佛若有光。便舍船，从口入。初极狭，才通人。复行数十步，豁然开朗，土地平旷，屋舍俨然，有良田、美池、桑竹之属，阡陌交通鸡犬相闻。……"

　　车子在山间沿着山溪东拐西转，一块平地出现在眼前，几个小自然村分布在田头山脚。南面的大坑水和北面的小坑水汇聚在里诸村前。

　　走进村里，热情的主人早就为我们准备了热酒和土鸡煲。几杯酒下肚，但觉脸红耳热，心中马上跳出两句陆放翁的诗来："莫笑农家腊酒浑，丰年留客足鸡豚……"

　　主人边领我们在村里走，边和我们介绍：里诸是诸葛亮第十六代（一说十四代）孙——寿昌县令诸葛浰儿子的居住地，大慈岩泉山村和兰溪诸葛村的诸葛亮后裔都是从这里迁过去的。

　　村中间有一座祠堂，可惜的是旧的已被拆掉，现在的祠堂是20世纪70年代建的大礼堂改建的。祠堂正中塑着诸葛亮、诸葛浰像。祠堂正对着一座形似笔架的山，门前有一口水塘，人说洗砚池。看来诸葛亮那支书写过"鞠躬尽瘁，死而后已"的如椽大笔已被他的后人代代传承，千年不绝啦。

　　我忽然想起，诸葛氏是很懂得风水学，也是十分讲究风水学的。大慈岩泉山村地处狮山之下，两股山泉汇于村中，村民或汲泉汰洗，或引泉种莲，大有诸葛遗风；兰溪诸葛村四周小山环抱，山泉汇于村中池塘，整个村庄布局就是一幅八卦图；里诸村是双溪汇聚于笔架山下，主文脉源远流长。前几年我去过诸葛亮隐居的隆中，那里也一定是个风水宝地，无论里诸、双泉，还是诸葛，其地貌都能在这里找到某方面的影子。像里诸这样的好地方，藏在深山之中，少有外人知晓，实在有点可惜。

那个叫下涯的地方

二十多年前，我在梅城读书。一个杜鹃花开得很盛的周末，学校组织我们到新安江电厂春游，而且是坐船逆流而上的。我一听就高兴了，因为多少次往返于梅城与新安江之间，都是坐车的，那条美丽的新安江总在那个叫下涯的地方消失，然后不知什么时候又从山的那一边蹿了出来，我们始终不能看到她的全部。这下好了，我们可以从江上走，去看一看那一段始终不露面的新安江到底长什么样。

可是启程的那一天，天下着蒙蒙细雨，梅城一带还好，越往上走，雾气越大。到了下涯一带，沿江两岸就什么都看不见了。我的第一次从新安江上过下涯，就是在这个大雾锁江的春天的早晨，下涯留给我的是一个朦胧的印象。

二十多年后，我在建德日报社工作。市委宣传部和报社联合组织了一次大型采风活动——三江行，我再一次乘船从新安江顺流而下过下涯。和二十多年前不同的是，这是一个夏天的早晨，这次的天气也特别好。可是，当我们的船来到下涯附近时，江面上又泛起了一片白雾，不过这雾和二十年前的那片大雾不一样，它低低的，平平地压在江面上。从江上看两边的山，青青的，看头顶的天，蓝蓝的，只是江边的那个古老的村庄——同行的人说，那就是新安江上曾经最繁忙的埠头之一的下涯埠——好像就悬浮在江边的雾上，那几幢老房子，以及老房子旁边的那几株老树在雾中时隐时现。而村庄后面的那座不算太高的山却清晰可见，人说那山叫落凤山。山虽不高，但临江的一面山势极为险峻。据旧县志记载：唐高宗永徽四年（653），睦州女子陈硕贞举兵造反，自称"文佳皇帝"。后遭官兵围剿，退至下涯，扎营平山，欲凭险阻敌，后因力量悬殊，壮烈牺牲。女皇牺牲那天，从西边飞来一只五彩凤凰，落在平山顶上，哀鸣不绝。官兵用箭射它，安然不动。是夜，山顶升起一道霞光，凤凰驮女皇西去。于是后人就称平山为落凤山……

陈硕贞的不甘压迫，揭竿而起乃是史实，至于有凤凰驮女皇西去，那是民间为这位巾帼英雄之豪气所感动而敷衍出来的，也算是老百姓心中的一种美好愿望吧。

而新安江就是被这座落凤山给折弯了的！

有一个美丽的传说，有一条美丽的雾江，有一个古老的村庄，这里就是下涯，以前叫下涯埠，现在叫下涯镇。现在，摄影界都知道浙江有条新安江，新安江畔有个下涯埠，那是他们搞创作的好地方，于是，一些肩挎长枪短炮的"好摄之徒"蜂拥而至，把我们这个披着白纱的美丽少女——下涯带回去，向他们的朋友献宝。

古木森森陈家山

陈家山是马目山北麓半山腰上的一个小自然村。

孙家是建德侯孙韶后裔居住地。村子不大，不上百户人家，村里人大多姓孙。村口建有建德侯亭和建德侯庙，村中有孙家祠堂一座，虽很破旧，但却别有风格。村里还保留着一部孙氏宗谱，记载着村史及孙氏变迁史。

孙家村我已经来过好几趟了，每次来，村里人都说后山风景更美。然终因来去匆匆，没有时间上山一睹山上风光，以致遗憾了好几年。这次是与几位摄影界的朋友一起到孙家来的，在村里转了转，就一同上山去了。

这是一个秋日的上午，山岚氤氲在山间。路边的小草上挂着晶莹的水珠，透亮透亮的。山上全是毛竹。竹林深处，偶尔也能看到几处红叶，大有万绿丛中一点红的感觉，煞是美丽。

拐过几道山梁，忽见一个小山村掩映在几棵高大的古树后面，这就是陈家山村了。

村前的几棵古树看上去都有几百年以上的树龄了，其中有一棵枫树大约要三个人才能合抱。枫叶虽不十分的红，但也落了满地。也不知什么原因，村里的其他地方都打扫得很整洁，唯独这一地的枫叶无人打扫。踩在上面软绵绵的，像铺了一块黄地毯。见了这一地的枫叶，一同去的小谷兴奋异常，一下子就仰躺在枫叶上，几位摄影界的朋友马上举起相机，对着地上的小谷，不停地按动着快门。

这个小山村里的人都姓陈，村中也有一座陈家祠堂，祠堂前面有一口池塘，只是由于季节的关系，池塘中已不大有水。村里的房子围绕着池塘依山而筑。走进每户人家，发现他们的屋后都有一根塑料水管，一股清泉自水管中汩汩而出，真是户户皆掩映，家家饮清泉。

在村里走了一圈，感觉肚子有点饿了，正好有一位好客的大娘热情地招呼我们吃饭，我们也就不客气地放下手中的摄影器材，到大娘家中与大娘一起做起饭来，然后就和大娘一家共进午餐，亲热得就像一家人一样。

离开陈家山的时候，太阳已经西斜。小谷说，她好想再在那一地的枫叶上睡上一觉，只是这陈家山是不属于她的。我们说你就嫁到这里来吧，她笑了笑，抬头看了看那株高大的枫树，流露出一脸的向往……

灵秀一枝莲

　　国人把好多花都赋予不同的寓意。梅花有傲霜斗雪的风骨，牡丹有大富大贵的气度，而莲花则是高尚品德的象征。国人之爱莲，是因为她"出淤泥而不染，濯清莲而不妖"，是因为"莲生淤泥中，不与泥同调"。在佛教里，莲代表"净土"，象征"纯洁"，寓意"吉祥"，甚至"莲"就是"佛"。释迦牟尼的坐像下是莲花宝座……

　　然而，这里所说的莲花与佛教无关，也不是一种植物，而是建德的一个镇，一个小小的，但又十分清秀的小镇，这倒暗合了莲花那种"出淤泥而不染"的品性。

　　一个周末的上午，我们去了莲花。沿莲花溪蜿蜒而入，两边青山夹峙，一泓清泉沿着山脚潺潺而出。山上的白雾尚未散尽，车子就把我们送到了一个叫大坞山的地方。季节虽已到了深秋，山下却仍是葱茏无限，但山上的枫树、乌桕却早已等不及了，它们早早地披上了红装。

　　我们在山上随意地走着，摘一片红叶珍藏在随身携带的笔记本里，摘几颗野果在嘴里嚼着，拍几个镜头带回家，我们就觉得，整个大坞山就在我们的心里，整个莲花也就在我们的心里了。

莲花没有名刹，但却是乐土，生活在这里的人们可尽情地享受大自然的恩宠。我们不说这里有品质极佳的高山茶，也不说又香又脆的吊瓜子，仅仅是那么一个小小的庭院，院里有那么一两架瓜棚，门前有几株橘树，屋后的树上挂满了金黄的柿子……这一幅幅十分恬静和谐的农家风貌，就让人羡慕煞了。

莲花人真的是很有灵气的，就连农家种植物都与众不同，他们在自家的田地里种植起既有药用价值又有观赏价值的"仙草"——灵芝和石斛。是这里的山水养育了这里的人，还是这里的人赋予了这里的山以灵气，反正我们在山上随意走着的时候，是采到过几朵野生的天然灵芝的，虽然小，却很漂亮。灵芝是一种寄生在枯树朽木之上的菌类，自古以来被视为灵物。古人常仿其形制成一种饰物，名之曰如意，出入朝廷随身不离。这就更让我相信，莲花绝对是一个灵秀之地。

再上胥岭

　　第一次上胥岭是在十五年前。

　　记得那是一个春天的上午，我一个人搭乘大畈到罗村的车到胥岭下，然后一个人爬上山去。

　　山路是用大块的鹅卵石砌成的，石块大小不一，砌得也不很规整，有很多地方已经塌陷，在没有石块的地方，路面就有些泥泞。我是深一脚浅一脚地爬上去的。

　　季节虽然是春天，可山里的天气还是有些凉，特别是爬山爬湿了身体，坐在路边的石头上休息，山风一吹，更是让我连打了几个寒噤。在这个乍暖还寒的季节里，我不敢在冰凉的山石上久坐，也不敢脱衣服，于是乎，夹了夹外衣，重拾上山的石径，一鼓作气，来到村里。

　　胥岭村在建德的最北面，整个村庄坐落在半山腰上。山的背面归桐庐管辖。

　　相传在春秋时期，楚国大夫伍子胥为逃避楚军的追杀，一路过关斩将逃到桐庐的歌舞。因这里山高人稀，适宜藏身，伍子胥就暂时在这里住了下来。每天早上鸡叫三遍，他就起来高歌舞剑，歌舞之名因之而来。后来，村里有位老人告诉他，只要翻过前面那座山，就可进入吴国境内，你也就安全了。并且山那边的半山腰有个山洞，洞里藏有一部兵书，你若得之，定能凭它平定天下。伍子胥听了老人的话，收起宝剑，向老人作揖道别，翩然而去……

关于伍子胥的传说，在乾潭一带流传很多，比如我今天所处的这个地方叫胥岭；半山腰上的那个洞叫子胥洞；山下还有子胥庙；从胥岭以外的这个又深又长的源，当地人叫胥源；源中的溪叫胥溪；乾潭镇的大畈村以前叫胥村，村里也有个子胥庙；在胥溪入富春江的入江口有个渡口叫子胥渡。现在，乾潭镇上还有一条街叫子胥路，那个美丽的大公园叫子胥公园……可见乾潭人对两千多年前的这位文武双全的大夫是多么的敬仰和怀念。

可是在十五年前，我对伍子胥在乾潭一带的传说，并未多加注意，因此那次上胥岭，也没有去子胥洞探访。

大约五六年前的一次采风活动，让我有机会再上胥岭，这次来共有二十多人，因此就不显得寂寞，大家一路说笑，上得山来。

山腰确实有个洞，洞口全是古树，一股清泉从洞中流出，有人说这是仙水，喝了能健身，若以之洗脸，则有美容的功效，于是有人掬之洗脸，有人掬之解渴，各取所需。

洞分内外两进。内进仿佛有石桌石凳，洞顶有一缺口，看上去就像天窗，一丝壳光从天窗中洒下来，人说这就是当年伍子胥读兵书之处。

胥岭村其实很有特色，首先，整个村庄依山而筑，从山下往上看，就像布达拉宫。走进村庄，见每户人家的门口，都有竹篱，门前都有又高又古朴的石墩。很多人家的屋后都有泉眼，村民们用竹枧把清泉直接引入家中。屋檐下挂有金灿灿的包芦。每家的堂前都有一个火塘，火塘上往往炖着几个钵头，或搁着几个包芦馃，一家人围在火塘边，一边烤火，一边吃着包芦馃和钵头里的油豆腐腊肉，难怪这里流传着这样一首民谣：脚烤白炭火，手捧包芦馃，除了皇帝老子就是我。

第一次来胥岭，村里尚未通公路。现在，一条公路盘山而上，站在山顶俯瞰整个胥岭村，那"之"字形的公路从层层梯田间穿过，整个村庄被满山遍野的油菜花包围着，金黄的油菜花和粉墙黛瓦相映成趣，和皖南、婺源好有一比。

胥岭的山顶有一座凉亭，是用当地的石头砌成的。凉亭下是一座水库，一株高大的银杏树矗立在水库边。

中午，我们回到村里吃饭。主人早有准备，席间不光有现杀的猪肉，还有萝卜炖肉骨头，喝的是主人自家酿的米酒，这酒初一入口，感觉平平，但几口下肚，一股暖暖的威力就上来了，很快就头重脚轻起来，最后，我是在别人的搀扶下，一路摇下山来的……

山中一夜白银珠

我这里所说的白银珠不是珠宝，而是一个地名。

这是一个很小的山村的名字，全村只有几户人家，几十口人。这个山村坐落在建德、淳安和衢州三地交界处的山里，属建德市李家镇沙墩头村。

2006 年秋天的一个早晨，白云兄约我去玩。当时他没说去哪，只是说是到一个非常偏远的地方去。我向来喜欢玩，特别是去比较荒僻的地方，因为那些地方往往空气清新，民风淳朴。在那样的环境里，可以完全放松自己的身心，抖落在俗世中的一身疲累，找回自我。于是我很乐意地就答应了。

我们从新安江出发，向着李家镇沙墩头村的方向而去。因为修路，车子到了沙墩头，就走不了了。我们只好下车步行。沿着山腰上的公路继续往里走去，拐过一个弯，就见白云兄的几位同学早已站在路边等我们了。

大家见过面之后，我才知道，我们今天要去的地方叫白银珠。白云兄的同学中，有一位女的就是白银珠人的媳妇。我们这次是去她的婆家和姑子家玩——她的姑子嫁在本村。

中秋刚过，天气很好，山上的有些树叶已经开始变黄，青山被黄叶一点缀，妩媚多了。如果细心，还可以从灌木丛中找到一些熟透了的野山楂、野柿子、野猕猴桃之类的野山果，如果再仔细些，还能在崖壁间找到几株兰草。

这是一条开在山腰上的路，原来的路已经被水库淹了。山路有点长，弯弯曲曲的，好在还比较平坦，加上山里的风景实在是好，上有清风习习，下有溪水淙淙，走了将近两个小时，也不觉得累。

中午的时候，我们在一个叫西坑源的小村子里歇了脚，在白云兄同学的一位亲戚家吃了中饭，然后继续往山里行进。

开始上山了。

上山的路虽说是机耕路，但毕竟是泥路，而且已被雨水冲刷得坑坑洼洼，高低不平，加上坡又陡，走起来就有点累了，即使像我走惯了山路的人，感觉也不很轻松。

前面要穿过一片竹林，密密匝匝的，太阳光透进来，形成一道道光影。我放开喉咙大喊一声，竹林摇曳，仿佛是对我呼喊的回音，竹林中的一只猫头鹰突然被惊醒，拍了拍翅膀，飞过山的那边去了。

走出竹林，山谷越发狭窄了，两边的山顶好像随时都会靠拢。光线也越发地暗了。再转过一道山弯，就看到有屋角露在竹林外。

"到了。这里就是白银珠。"

眼前是几户依山而居的人家，一条山溪从山上直挂下来，从每户人家门前流过。为什么说"挂"？因为这里的山真的很陡。不过现在是枯水期，溪里只有小潭里有水，仅够人们饮用、洗涤。如果在雨季，这里肯定瀑布很多。

小潭里的水特别的清。潭里有泉眼，泉水不断地从泉眼里冒出来。有些人家用毛竹剖开来做成水枧，把泉水一节一节地引到家里去。

山溪里到处是大小不一的石块，看上去都很坚硬。村民们就地取材，用石头砌墙砌路基。村子里的路全是用石砌的，这样的路把各家各户连接在一起。很多房子都用石块砌成，屋外的围墙也都是全石砌的，走在村里，感觉就像走在一座石头山寨里。

我们走了大约四个小时光景的山路，两脚都酸痛了，我们想在一户人家的门口歇一会儿。主人不在家，大门却敞开着。这里的人家都差不多，家里没人，门也是不关的。我们就直接去了白云兄同学的姑子家。白云兄同学的姑子家在更高处的半山腰里，整座房子是一半嵌在山体里，一半挂在山外边。门前有一株柿子树，树上挂满鲜红的柿子。

因为已经打过招呼，在我们来之前，主人已经为我们准备好了点心——包芦馃。

包芦馃我这辈子没少吃。人就是这么怪，小时候吃惯了的东西，不管经过多少年，一想起来，还会垂涎欲滴。据说包玉刚先生回宁波时，还念念不忘他小时候吃过的臭冬瓜。主人把包芦馃端上桌，我就忍不住伸过手去。现在城里虽然也偶尔有包芦馃卖，但那已经是很不正宗的了，不要说有些人在包芦粉里掺了其他粉，就是不掺假，吃起来总归不很地道。而我现在吃的包芦馃不但脆，就那香味，就足以让人忘了世界上还有比这更好吃的东西。

吃过点心，坐在门前，一边喝着用山泉和高山茶叶泡制出来的茶，一边天南地北地聊着。这时，有几位老人从门前走过。我就发现，这个村子里只有老人、妇女和小孩，几乎见不到青壮年男人。他们说，这里的青壮年男人都出去打工了，有些干脆全家都搬出山外去了。

村里至今还有几口当年化纸浆用过的池子。村里人说，以前村里曾经以毛竹为原料做过纸，由于工艺问题，做不出好纸，现在都已经不做了，因此，一些年轻人只好选择外出打工。

有几位老人见我们这些山外来客坐在这里海侃，也欣然加入进来，有说他们自家事的，有说别人家事的。他们说话的时候，根本不顾你感不感兴趣，他们只管说他们自己的事。也许平时他们没处说话，今天有人当听众，他们就很开心了。这样也好，我们之间的距离很快就拉近了。

到了吃晚饭的时候，邻居们才陆续散去。

晚饭的餐桌上，照例有包芦馃，而更让我感兴趣的则是肉圆。这东西虽说是土货，但平时不常吃。在农村，只有过年过节才吃，另外就是有贵客来了才吃。主人用肉圆招待我们，这说明，在他们眼里，我们是贵客了。

山村的夜来得早，晚饭刚吃好，天就黑了下来。山里人爱串门。说也难怪，山里没有别的娱乐场所，串串门，聊聊天，用以打发漫长的夜，这是他们晚饭后唯一可供选择的方式。尤其是谁家来了客人，那这一天，很有可能就会成为大家串门聊天的中心。天一擦黑，就有左邻右舍来走动。有人来了，主人当然会掇出各式凳子让客人坐，没地方坐的，就随意地站着。聊天的内容还是不外乎家长里短——这些话题我们当然插不上嘴，只有在一边当听众了。

　　串门的人一走，夜很快就静了下来。要是在城里，夜生活也许还刚刚开始，可在这山里，一切都渐趋平静，然后就静得只剩下门外的流水声和风吹竹梢的呼呼声，再就是墙角的秋虫声了。

　　我和白云兄被安排睡在一个房间，并且这个房间只有一张床，一张大床。床很新，床上的被子也很新。我们猜，这很有可能是这家人儿子的新房吧。

　　我有一个习惯，睡觉之前，一定要看会儿书，否则睡不着。今天出门急，忘了带书来，而主人家又没有书可看，我就只好在黑暗中干瞪着眼，也不敢翻身，生怕惊醒白云兄。

　　很久，白云兄翻了个身，我也同时翻身。白云兄问，还没睡？我说你也没睡？他说睡不着。我说我也是的。于是干脆轻轻地聊起了天。这时，楼上（其实是纸糊的天花板）有老鼠在跑动，一会儿笃笃笃地跑过去，一会儿又笃笃笃地跑过来。这里的老鼠怎么这么奇怪，明明知道下面有人睡着，还这么起劲地在上面闹。我拉亮电灯，老鼠就不跑了，拉灭电灯，它又跑起来。看来这老鼠怕灯。白云兄说，那就把灯开着吧，反正睡不着。可我说，开着灯我更睡不着。走了一天的路，累了，要是睡不好，明天出山就更累了。于是把灯关了。

　　这老鼠当真可恶，灯一关，又闹了起来，而且闹得更凶了。是不是它已经试探到我们不会伤害它，胆子就大了起来？

　　等我再次拉亮电灯时，只见那可恶的东西居然把头从穿电灯线的纸里探了下来，两只绿豆般的眼珠骨碌碌地转，几根长须不停地转动。也许它觉得今晚有点奇怪，平时都是一男一女睡在这里的，今天怎么是两个男人睡在一起了呢？我拉了拉开关线，想吓唬吓唬它，它一动也不动，只一味地盯着我们看。

白云兄说，不要关灯，让它看着我们睡。

我们相互对视着。有一阵子，老鼠居然想沿着电线往下爬。也许是电线太光滑的缘故，老鼠试了几次，终于没有下来。

要是在平时，我早就操起棍子，和老鼠干上了。但今晚，我没有这样做，我只希望它继续这样和我对视下去，只要它不把屎尿拉下来就行了。有时候，人和动物之间的和平相处，也是十分有趣的。就像今晚我们和这只老鼠之间这样。

第二天早上，我们很早就起来了，可是主人比我们起得更早，她已经在给我们做早饭了。

外面湿漉漉的。昨晚是不是下过雨了？主人说，山里的早晨经常这样，不下雨也湿漉漉的。

有人已经背着柴火从山上下来了，看来他们起得比我们更早。山里人就是这样，睡得早，起得也早。他们把自己的一生都交给了大山。砍柴的人是从很高的山上把柴往下背的。其实门前的竹木有的是，随手就可砍一大捆，可是他们不会这样做。山里的竹、树于他们来说，是生活的一部分，他们不会随意地去砍。

在即将离开这里的时候，我还有一个疑团没有解开，这里为什么叫白银珠呢？

对于我的问题，村里的很多人都摇头，只有女主人说，听老人们讲，一直以来，这里就是一个不错的地方，乱世可避兵燹，盛世可养身心，就连养头猪呀什么的，也都只只肥壮，当地人都叫白银猪。后来嫌"猪"字不雅，就改成"珠"了。

白银珠虽然是个偏僻的地方，要是约上三五好友，在这里住一晚，吃吃包芦馃、农家饭，亲近亲近大自然，不失为一种休闲的好方式。

如梦如诗情人谷

多少次荡舟千岛湖，总为云烟氤氲的情人谷所牵系。深入峡谷深处，撩开她神秘的面纱，是我一直来的愿望。

一个冬日的早晨，我与朋友来到位于千岛湖好运岛东北侧的东铜官。弃舟登上峡谷口的一座全由石灰岩构成的小岛，坐在光滑的石灰岩上，听当地一老农讲关于情人谷的传说。

相传在很久很久以前，紫金滩下的新安江底住着一条孽龙，每到春夏之交就要出来兴风作浪，弄得两岸人民苦不堪言。孽龙有个女儿——小龙女，她美丽善良，只是被老龙整天关在闺房里，不让她走远一步。紫金滩边有一位年轻后生，父母双亡，无依无靠，以打柴为生。闲时喜欢吹箫，因此人称萧（箫）郎。萧郎的箫声打动了水底小龙女的心。

话说有一年，孽龙作孽，但见满天黑云翻滚，暴雨不断，新安江两岸浊浪滔天，人们流离失所。萧郎也无法上山打柴，更无心吹箫。小龙女已有好多天没有听到箫声了。

一天夜里，小龙女化成一美丽女子，来到萧郎家门前。萧郎一见，忙问是谁。小龙女只好把实情相告，并说其心已为箫声所动，今生今世非萧郎不嫁。

这天夜里，小龙女与萧郎私订终生，结果此事惊动了老龙。一怒之下，老龙掀起波澜，冲毁了萧郎的家。萧郎只好躲到山上一间破旧的草屋里安身。小龙女也不顾老龙的反对，毅然跑去山中，与萧郎同住。此事让观音知道了，她来到新安江畔，问小龙女："你既然爱萧郎，就得脱胎换骨为凡人，凡人是不能升天的，而且会有生老病死，你是否愿意？"小龙女坚决地说："我愿意！""那好，我就成全你们。"说完，观音手指一弹，小龙女就变成了凡人。

从此，小龙女与萧郎男耕女织，白头到老。

小龙女死后变成了一条长长的峡谷，藏在东铜官的深山之中，萧郎死后化成了一座晶莹剔透的小山，镶嵌在峡谷口，就像龙嘴里的一颗明珠。

老农说完，站起来，上山去了。我们也离开小岛，到峡谷口掬一把清冽甘甜的泉水解渴，这水有点甜。但是看看荆棘丛生的峡谷，我们仍然没有勇气入谷探险。直到去年冬天，我们才在一位有意开发这一带山水的蒋先生的带领下，披荆斩棘，深入峡谷深处，好好地领略了一番谷中奇景。

今年春天，蒋先生又邀我们前往。这次来与上次迥然不同，谷内已沿溪修砌了一条蜿蜒的石板路，我们可以轻松地走入峡谷，一睹情人谷的芳容。

情人谷，听上去多么有诗意，那位老农讲的故事又是那么美。小龙女为了爱情，宁可舍弃得道升天的神仙日子，与一贫如洗的萧郎同生死，共患难。我想，凡来这里探幽的每一对情人，都该为这一对情人的坚贞爱情所感动。

溯溪而上，入岩溶溪谷，观清泉漱石，跨百步涧流，沫珍珠流香，所到之处，或泉滑如脂，或苔绿如蓝。因为这些都是小龙女身体所化，否则，会美得那般清纯，秀得那般娇艳？绿叶如盖，枯藤如蟒，深深吸一口山中的新鲜空气，顿觉肺清脾爽。涧底鸣泉，日夜倾诉的是小龙女对萧郎的思念。

来到这条深深的弯弯的翠翠的山谷，来到这个美丽的小龙女的身边，你千万要把脚步放得轻些，再轻些，不要惊醒小龙女和萧郎千百年的梦。你要用心去触摸这里的每一株草，每一棵树，每一朵水花，每一块石头，因为这里的一草一木一水一石总关情呀！

情人谷就像一个梦，这个梦可以让来过这里的有情人做上一辈子。

情人谷就像一首诗，每一对情人都可在这里说出一生的诺言，让人长久，让爱永远……

"岂有此理"一石林

　　酷热难当之际，无处逃遁，忽然想起藏于千岛湖畔群山之间的石林，也许那里要凉爽一些，于是约上好友三五，一起前往。

　　这是一个烈日当空的午后，骄阳下的千岛湖似乎有些慵懒。偶尔有微风掠过，吹皱一湖碧波，然而这风也是热的。上得山来，就有凉风习习，这风较之山外湖边的风来说，就要凉爽得多，加上它带着山气，裹有缕缕草木的清香，也就足够清濯我的肺腑了。深深地吸一口，人也清爽了许多。

　　千岛湖石林我是来过多次了，而这次纯粹是为了避暑而来，谁知一上山，就听说今晚要在这里举行一个篝火晚会。心想：在这么一个大热天搞篝火晚会，岂不是"火上浇油"吗？这样想着，也就对这种创意心生腹诽。

　　在餐厅就着石林土鸡煲和几样石林土菜灌下一大杯石林土酒，就晕乎乎地向石林景区走去。此时，夕阳西下，红霞满天，原本一片白色的石林已被红霞染得通体血红，就连石缝间长着的树也都像披上了红缎一般。我想此时的我也是脸红得像关公。

　　朋友们都去布置晚会现场了，我则借着酒兴，独自一人沿着石林中的一条小路一直走去。

　　大自然的神工鬼斧真让人不可思议，这些千奇百怪的石头不知怎么会聚到一起来的。你看那层层叠叠的怪石，无论从哪个角度看去，都是一幅美不胜收的图画，你可以把她们想象成或神或仙、或人或兽。尤其是在这夕阳的余晖中，你更可以让自己的心神驰于这些石头的精灵之间，难怪有人干脆就把这一带景区命名为"岂有此理"，因为她美得实在有些怪、有些说不清楚。这样边看边走，不觉就下到了山脚，忽然听到一阵如铮如瑟般的清音从对面的绝壁上传来，原来是从我身边的"玄牝之门"中发出的淙淙水声传到对面的石壁上，再反射过来的。"玄牝之门"是石林景区一个著名的溶洞，其上部入口处极似女性隐秘处。一泓清泉从山上蜿蜒而来，注入"玄牝门"里，然后从山脚下的出口处流出。泉水在洞中回旋，发出淙淙声响，有金石之声，故又有"琴音洞"之称。在这夕阳之下的石林间，有了水声，心也就有些柔软起来，于是择石而卧，一边静静地倾听起这来自大地深处、石林心脏的和声，一边看天上红云随意飘游，渐渐地心随云走，云随风定……

　　风过处，有蝉在林中鸣唱。我在猜想，这蝉一定是从张文昌的屋后唱到辛稼轩的庭前，一直唱到朱佩弦的荷塘边，然后才来到这里的，要不这鸣声为何总有一种幽远的清响？对面山间，有夜莺在啼鸣，声虽不高，却在空谷中久久回荡。身边也先后响起了许多虫鸣声，睁眼寻觅，竟失方位，原来，那些千奇百怪的石林，早已由白变红，现在又渐趋模糊，只留一些怪异的影子在我的身后，突然就觉得有些害怕起来，于是起身离去，忽见一轮圆月早已高挂东山之巅，整个天空顿时变得朗廓起来，远山近石都被抹上了一层淡淡的白霜，一身暑气也随之消去，于是寻着来路往回走，谁知竟迷失在"兰玉坪"中。正着急时，听山上响起了音乐声，大概晚会开始了。

今夜注定是一个激情而浪漫的夜晚。熊熊的篝火燃烧着青春的热情，美妙的歌舞卷走了所有的烦嚣……

明月当空，清风徐来，篝火熄灭之后，路边的草坪上就扎起了一个个蒙古包似的帐篷。激动了一夜的姑娘小伙都各自去寻找今夜的栖身之地。不一会儿，就有鼾声此起彼伏。

我舒展着四肢躺在帐篷里，看天上的月亮慢慢西走，听树上的猫头鹰渐鸣渐息，不知不觉间，就进入了梦乡……

铜官峡

　　当我进入东铜官那道幽深的峡谷时，千岛湖上的山光水色，就被抛在山外了。

　　空气中弥漫的尽是草的芬芳，树的清新；耳边响着的尽是泉的弹拨，鸟的鸣唱；脚下是溪石铺就的小径，只因少有人行，几于荒芜；抬眼望去，满眼葱茏，虽被秋色染过，但看上去还是一层层厚重的油画般的绿叶，也许是因了千岛湖水的滋润吧？

　　溯溪而上，开始时还有山径的导引，小桥的接应，然在一泓碎玉般的清泉漱洗着光滑的岩石之处，小径也很快隐入峡谷深处的丛林中去了。涧水玉脂般滑腻，诱使我们脱去鞋袜，伸脚到水中，酥酥的，好不舒服。有山蟹一对，相戏于水底的青石上，见有山外来的这帮怪客造访，不觉羞走岩底，只露两螯在外，以防侵扰。我们也收回脚，不想去惊动它们。

　　这是一个纯粹为山溪之水冲刷而成的峡谷。

　　这里的山体以石灰岩为主，易被水侵蚀的石灰岩在自然力上百万年的作用下，形成这个宽不过一二丈，高可几十丈的峡谷。左右崖壁上枯树倒挂，虬枝横斜，手臂般粗细的黑藤缠绕其间，有的则横跨涧上，仿佛悬崖伸出的手，助我们攀援。身处谷底，树荫如盖，不见曦月。谷底水声潺潺，或如钟鼓，又似铮鸣，细看水流过处，但见有许多大小不一的水潭，大者如缸，小的似碗，一个接一个，似被溪流串着的一串水葫芦。一路看去，溪涧在一道珍珠似的瀑布处陡然被抬升到山的那一边去了。我们只好回转身，重新没入密林中，去探寻大自然赐给我们的神奇与美丽。

铜官峡之美，就美在一个幽字，窄而深的峡谷，茂而密的丛林，清脆的鸟鸣，清澈的涧水，都会让每一个来这里的人有种洗去凡尘后的舒畅之感。当现代文明蚕食着这个世界时，原始的自然就更让人觉得珍贵，当在红尘中颠簸累了，投入诸如铜官峡这样的自然界，就像投入到母亲的怀抱一般，你可以在这里尽情地亲慰，甚至撒娇，把身体的每个部位与这里的一切相融在一起。这是在秋天，这是我生命中遇见的最美的秋天。

好不容易挤出峡谷，忽然发现已经立于飞马峰之巅了，侧身西望，但见千岛湖上水波荡漾，鳞光闪闪，山岛耸立，舟楫往来。或有同行者手指东面一危立崖壁，大声嚷道："你们快看，那边石壁上，有神仙姐姐在舞剑。"十几双眼睛一同朝那边看过去，果不其然，西边那面裸露的悬崖上，被水渍刻画出许多形状不同，色彩各异的图像，真的像金庸在《天龙八部》中描绘的段誉偷窥到的神仙姐姐舞剑的影子。我们又仿佛置身于金大侠的童话世界里了。

朱家埠拾秋

在一个秋阳高照的午后，我躲过闹市的喧嚣，独自一人走进了朱家埠。

这是新安江南岸一个南北走向的山谷，谷内风光旖旎，一泓清泉自南而北，流入新安江。山风拂过树梢，吹在人面上，有一股树木的清香在鼻孔中进出。

山路并不崎岖，也不坎坷，走在缘溪而入的小径上，更有一种闲庭信步的闲适感。脚边流泉叮咚，头顶鸣声上下，眼前枯藤老树，横枝斜出，无处不显自然山野的风貌。眼下正值深秋，抬眼望去，但见层林尽染，红叶秋风把人的心灌得醉醉的。

不知不觉间，有一片金黄的银杏树叶落在面前。拾起一看，这把小黄扇似的叶面上，纹理清晰，金黄透亮，叶子里面似乎还含有丰富的水分。是的，这不是一张被秋风吹落的枯叶，这是一个成熟的生命投向大地母亲的怀抱！我拭去上面的一丝尘垢，把它抚平，小心地珍藏在随身携带的一本书中。抬头看时，一排银杏在秋风中瑟瑟作响，就像一队身穿黄衣服的老人在晨练。

水杉是活化石，这话听起来有点生硬，而现在站在我面前的这排水杉，更像是英国皇家侍卫队，它们的腰杆是那样的挺拔，衣冠是那样的整洁鲜艳。

枫叶正红。野生的、人工种植的红枫或稀或密地点缀在山间路旁。这个季节，该是它们展示自己的时候。古人仅用一句"霜叶红于二月花"，就把它们的风采给道尽了，这让后人在它们面前只有发一点"好美啊"之类的抽象的赞叹而已。

一位老婆婆挑着一担畚箕，颤悠悠地走在山路上，畚箕的一头装着的是收获的白菜，一头则是成熟了的橙黄的橘子。见她挑着担子有点吃力，我就上前想帮她一把。可是，她说，挑担走山路还是我们山里人行，你们城里人的肩膀是经不住压的。她还说她在这里面已经挑了快六十年了，多少重的担子她都挑过，多少不平的山路她都走过。现在好了，什么担子都放下了，可是挑惯了担子的肩膀一歇下来还怪难受的，所以，她隔三差五要到地里、山上去挑点什么回来……

原本怀着的一腔怜悯之心的我，被她一番充满乐观的话语说得既羞愧又释然，这不就是红于二月花的枫叶吗？这不就是春花秋月一肩挑的山里人质朴的精神体现吗？

一路走一路看。走累了，就在溪中择一块光滑的石头坐下。一缕秋阳透过树梢，洒在粼粼的溪水里，光斑点点，水中还可见几尾石斑鱼。我脱去鞋袜，把脚伸到溪水里，水似乎有点凉，但还不至于刺骨，正好激灵精神，长时间的案牍之劳被一扫而空。其实人是不能离开大自然太远太久的。

一边濯着双脚，一边漫无边际地胡思乱想，慢慢地，身体有些慵懒，就势往石块上躺下，一串串红灯笼似的秋莓正好挂在我的嘴边，这是我小时候上山砍柴时常摘来吃的。随手摘下几颗放进嘴里，一股又酸又甜的汁水直往喉咙里钻，啊！真的很好吃——大自然的恩赐是无私的，我们对她应该始终怀着感激之情。

　　醉意朦胧地在溪石上躺了不知有多久，见太阳已经西斜，溪水渐凉，就赶紧穿上鞋子，上得岸来往回走。

　　回首山谷，一束芦花正在斜阳中摇曳……

灵栖山庄听雨

正是初春时节，窗外镶嵌着一帘烟雨朦胧的景色，淅淅沥沥的雨声滴答在阶前，犹如一首委婉的音乐旋律，分割春的明朗与阴郁。目光透过这抹烟雨，蜿蜒在山庄前的曲径上。还有远山近黛，被雨雾分割得支离破碎了，仿佛让人融入梦一般迷茫。

在灵栖山庄听雨，心是温婉的，特别是在春天。

雨是没有季节的，就像那光怪离陆的梦境。

入住灵栖山庄，就连梦都是纤尘不染的。

入夜，先是山风萧瑟而起，接着春雨飘然随风零落。走到窗前，凝视窗外大自然，难得这样清闲听着细细春雨扑面而来的温湿清新，雨雾飘洒在额头上有点冷意。意识随着雨中景色的变幻而愈显迷幻，无穷的感叹在雨中生起，郁结人生跌宕起伏的命运，又很无奈地随着这雨飘忽。细听这雨的音阶，已经浸漫了遐想的魂魄，如同张开想象的翅膀，虚幻成风雨中轻灵的曼纱……

记得孩提时背诵孟浩然的《春晓》：春眠不觉晓，处处闻啼鸟。夜来风雨声，花落知多少。诗人联想一夜风雨，不知道有多少花瓣飘落在风雨中，落英缤纷，诗中幽怨生出"落花流水春去也"的惜春的意境。而杜甫的《春夜喜雨》自然又是一番意境：好雨知时节，当春乃发生。随风潜入夜，润物细无声。野径云俱黑，江船火独明。晓看红湿处，花重锦官城。诗人是在深夜听雨，倾耳细听，那细雨在春夜中绵绵密密地滋润大地。只为"润物"，不求人知，诗人分明听出雨意正浓，浓得意想出天明后满园的春色似锦。所谓物随意移，移步换景，由心造境，不同的心境写出不同的雨境。

江南多雨，江南的雨，成了古往今来文人笔下多愁善感的写意，这风雨却更多郁结了诗人凄美缠绵的情怀。

雨中的世界很静，山庄四周游人稀少，只有庄外山中嫩叶在雨中偷着长。偶尔看见一对恋人相依雨中，共撑一把伞，悠然漫行，欣赏他们热恋的情景，是风雨中一道绝美的风景，犹如三月的阳春，融融的暖意雾霭一般地逸漫，甚至感到一丝羡慕和哀怨，自然想起丁香能结雨中愁，你就会情不自禁地记起戴望舒的《雨巷》：撑着油纸伞，独自/彷徨在悠长、悠长/又寂寥的雨巷/我希望逢着/一个丁香一样地/结着愁怨的姑娘……在那绵长的江南雨巷，诗人虚幻出一个凄迷哀怨的情景，从而引起读者强烈的共鸣，也是大多寻觅红颜知己孤独的影子，这诗是那么的回肠荡气。

雨渐渐大起来，紧闭窗户，风雨中滋生了许多遐想温馨，风雨是多情物，多雨的江南，连绵风雨孕育山水灵秀，江南沟壑纵横，山清水秀，久旱盼雨露，雨过天晴，许多往事梦一样飘在眼前。或许生活原本就平淡无奇，窗外的雨景只不过是一种迷茫的心情，太多渴望便增添了风雨如稠的欲望，人生不要有过多的奢望，欲望越多失望也就越大。人生本来就在光明与黑暗中辗转轮回，任目光延伸，谁也望不穿人生百年风雨，每个人在一个又一个雨季，细细密密谛听风雨清音，抑或那梦及那梦中的阳光依然清晰。

桂林三日

第一日：桂林的风

阳春三月，草长莺飞，正是催发诗情的季节。而桂林，这个让世人无限向往的中国南方小城，也在我们到来之际，渐次褪去冬装，着上新绿。

曾闻"桂林山水甲天下"，又读过《桂林山水》。桂林，已经像一幅精美的山水画，深深地烙在了我的心里，可身临其境，还是第一次。

从杭州到桂林，只有不到两小时的飞行时间。一下飞机，立刻就陶醉在桂林所特有的略带青草味的春风之中。当地人说，要是你选择在金秋十月来桂林，一定会醉倒在满城的桂花香中。我想这是肯定的，因为桂林之所以称之为桂林，是因为城里城外到处都是桂花树，桂林的市花和我们杭州一样，都是桂花。

驱车前往市中心，一路所见都是大大小小的桂树。这一天正好刮着不大不小的风，路两旁的桂树都在风中摇曳，新叶油光发亮，更显出生机一片，好像是对我这个远道而来的客人表示十分友好的欢迎。

　　放下行李，就迫不及待地到市区去游走。

　　这是一座十分秀丽的城市，不大，也不十分繁华，市民们都悠闲地过着自由自在的生活。华灯初上的时光，我选了一家临街的排档坐下来，要了一盘炒田螺和一杯三花酒，自斟自饮起来。桂林的田螺是十分有名的，个大，肉嫩，味鲜。不过桂林人的田螺烧法和我们这里不一样，他们是先把田螺肉取出来，剁成泥，再和上鲜猪肉泥，然后重新塞回田螺壳内，加上桂皮花椒等一起煮，那味道绝对 OK。三花酒也是桂林的特产。酒不烈，和桂林的性格相似。

　　街上的风仍然在不停地吹着，我想，我已经醉了，不是因为酒，而是因为这风。

　　第二天早上，我去桂林市的城标山——象鼻山公园。象鼻山坐落在漓江和桃花江的汇合处。桂林的山都是石灰岩，很容易被水侵蚀。象鼻山就是因为被江水蚀出一个大洞，使整座山看上去就像一只大象伸长鼻子到江中喝水而得名。北面有一个小岛，其名十分浪漫，叫爱情岛。爱情岛上绿树成荫，花香扑鼻，站在岛上，临江眺望，江上舟楫往来，江岸青山耸峙，而透过树梢、花丛吹过来的江风，更让人心旷神怡。上帝对桂林人真是太好了，竟然把这么多的美景一股脑儿地恩赐给他们。

　　溯漓江而上，在离象鼻山不远处，有一座临江而立的山，叫伏波山，它就像一位巨人，高高地站在江岸上。由于山脚常年遭江水的侵蚀，就形成了一个个大大小小的溶洞，洞内有 45 龛 200余尊佛像，多为唐宣宗大中年间（847-859）复兴佛法后的作品，是桂林佛教造像艺术代表作之一。因洞口直对着漓江，风从江上吹来，在洞内来回穿梭，发出各种声响，宛若梵音，闻之有让人尘念顿消之感。

芦笛岩和七星岩是桂林市内的两大公园。那天下午，天气发生了变化，下起了细雨，很细很细的，春风伴着细雨抹在我们的脸上，不但感觉不到一点难受，而且还略带一点甜味。桂林的雨居然是甜的。

第二日：漓江的云

早上起来，天就开始阴了下来。从桂林市区到磨盘山漓江码头，乘船游漓江。

春天是漓江的枯水期，所以水位很浅。可是，当我们来到码头，江面上已经很有秩序地排列着上百艘游船，每艘游船都可搭乘一百多号人，看来，今天的漓江上，将有上万游客同赏漓江美景了。

九点多一点，游船开始启航，先是溯江而上，然后掉转船头顺水而下。

漓江山水不愧有甲天下的美誉。船一启航，甲板上就有人不停地发出一声声的赞叹。

漓江是世界上规模最大、风景最美的岩溶山水游览区，千百年来，它不知陶醉过多少文人墨客。景区以"山青、水秀，洞奇"三绝闻名中外。

可是今天，漓江好像有点害羞，她总是不太舍得把自己的全部容颜展现给我们，总是有那么一片片或高或低、或薄或厚的云遮住两岸的山峰。

漓江全长437公里，而最美的一段是从桂林到阳朔间的83公里。这是一幅真正的山水画廊。沿江风光旖旎，碧水萦回，奇峰倒影，两岸散落着大圩古镇、草坪风光、杨堤风光、浪石风光、兴坪风光、九马画山、黄布倒影、五指山、螺蛳山、龙头山等，有自然的，也有人文的。只可惜，我们乘坐的游船是不靠岸的，只能走马观花般的一路看过去。

天上的云越压越低，前方和后方的云几乎压到江面上了，只有身边的一块风景还依稀可见，加上天空中飘起了极细极细的毛毛雨，甲板上的人都躲到船舱里去了，而我依然站在甲板上，淋着毛毛细雨，欣赏着两岸的风光。这是难得的烟雨漓江风光啊！怎能轻易放过？

快到阳朔的时候，雨大起来了，一时间，两岸的景色都被遮住了，什么都看不见。我们弃舟登岸，冒雨前往有莲花城之美誉的阳朔县城。

第三日：阳朔的雨

雨一直下个不停，根本看不见四周的景色。

阳朔县城，坐落在群山之间的漓江边上。县城实在是太小了，只有两万来人口，还不如我们这里的一个小镇。城里也只有一条小街，从两山之间穿过。穿过这条街，前面就是一条更小的老街——西街。这街不宽，最宽处只有七八米；也不长，大约还不到一公里。相对而言却格外繁华，沿街都是些卖工艺品、小玩意儿的小店。听说到了晚上，这里就灯红酒绿起来了，沿街开着的几十家酒吧，随着夜幕的降临，相继开门迎客。这可是阳朔城里一条极有特色的街，和云南大理的洋人街同名，也叫洋人街，街上的店老板，大多是欧美国家的洋人。有些已经在这里经营了好几代，有些干脆和当地人联姻，或成了阳朔人的女婿，或成了阳朔人的媳妇。世界那么大，中国那么大，这些洋人为什么会不远万里，来到这个闭塞的小县城来开店呢？除了这里风光宜人之外，我想不出还有其他的原因。

我冒着大雨，走在这条洋人街上，不时与迎面走来的洋仔、洋妞碰面，他们大多都会礼貌地朝我笑笑。走进每一家洋店，洋老板都很热情，他们操着或生或熟的中国话，向我介绍着店里的一切，无论买卖成与不成，临走时，他们都会说上一句：您走好，下次再来。

我在一家卖中国画的店门前站了一下，一位漂亮的洋妞朝我嫣然一笑，说，进来看看吧。

走进店堂，里面挂着的全是原创的桂林山水，有些还没有装裱好。我于画不是内行，但洋妞却能头头是道地一一向我介绍，这是写意，那是泼墨；这是勾勒法，那又是皴点法……

我没有买画，只是把店里所有的画欣赏了一遍，就走了。走的时候，洋妞仍然很客气地说：您走好，下次再来……

在街上的酒吧相继开门的时候，我离开了洋人街，因为我没有泡吧的习惯。

这一天的雨一直下到第二天凌晨才停。早上起来，临窗眺望整个阳朔县城，才真正看清，原来，这个精致秀丽的小县城确实就像一个莲心，四周的山峰就像是莲瓣……

山环如郭　　幽邃如洞

南方的山好像有点顽皮。时令已是 12 月份了，她们还穿着绿绿的夏装，只有爱赶时髦的枫树、银杏和乌桕才换上了或红或黄的秋装。

在这样的一个深秋季节，我们去了有着"明月青山，千年秀水"之美誉的浙江武义的县洞村。

郭洞是个古村落，和江浙一带的古村落一样，它以古祠堂、古民居、古井、古巷等明清时留下的古建筑吸引着游客。当然，郭洞村自有其不同于其他古村落之处，仅这一点，就让游人一踏进郭洞，就流连忘返。

郭洞并没有洞，它是明代武义人何寿之仿《内经图》营造的一个小山村。何寿之根据当地的地势，规划布局了民居、通道，形成了"山环如郭、幽邃如洞"的人居环境。

600 多年前，武义城里的阔少何寿之，常骑着一匹青骢马到处游山玩水，而外婆家郭洞村是他最爱去的地方，因为这里的山是那样的青，水是那样的秀。他和村里的小伙伴一同下水抓鱼，一同上山爬树。长大后，何寿之读了许多堪舆方面的书，发现郭洞不仅山清水秀，而且地势条件非常符合风水学，于是，他就把整个家都迁到这里来，并对整个村落进行了重新规划。

郭洞村坐落在一条南北向的深山坞里。村口有一道用卵石砌成的城墙，看上去虽然不那么高大雄伟，但对于一座村庄来说，也已够气派的了。由于年代久远，城墙上爬满了各种藤蔓。城墙的东端有溪水自村中流出，溪上有一石拱桥，桥上有亭翼然，其名为"义乡"。入村的城门在城墙的西端，城门也不大，和民居的大门差不多，上书"双泉古里"四字。城门外，有一株树龄600年的红豆杉，想必是当年何寿之营造这座村落时所栽。村的东面是一座并不算高，但却怪石嶙峋的龙山，山上古木参天，绿阴如盖。有石阶蜿蜒而上。山腰有座亭，名曰"闲闲亭"，看亭名，就知郭洞人是很有福气的，也是颇懂休闲之道的，躬耕之余，尚有余闲来此登临休闲。亭柱上有两副对联，更是道出了郭洞人的闲趣：

其一云：

> 门门皆木凡仙咸与闲闲状；
> 攸攸此心长幼游而悠悠然。

其二云：

> 亭外无俗物高树穿云秦风月；
> 眼底若桃源小桥流水古人家。

在亭内小憩，耳边回响着两种声音，一种是从山下传来的泉鸣，另一种是从树上传来的鸟鸣，两声交和，怎不令人忘俗成仙！

山上500年树龄以上的古木比比皆是，有红豆杉、香枫、香榧、苦槠、甜槠、香樟、罗汉松、秃瓣杜鹃等，棵棵顶天立地，冠盖如云，即使枯倒了，也是十分倔强地侧卧在山岩上，不肯倒地。抚摸着这棵棵粗大的树干，就像在触摸郭洞村悠久的历史，我们不禁感慨：这么多古树，是怎么保存下来的。就连"大跃进"那样的年代也能躲过。郭洞人说，龙山是他们的风水山，山上的古树是他们的命根子。郭洞先祖有族训："凡村中之人，上山伐一棵大树者，断其一臂；伐一棵小树者，断其一指；折一棵树者，拔其一甲。""大跃进"时，有人扬言要上山砍树，村里的一些老者就自发地组织起来，持铳上山护林，这样，满山的古树才得以幸免。龙山浸透了几百年的灵气，是郭洞人的庇护神，有了这样的庇护神，郭洞世代书香，读书人辈出。村中曾有私塾"啸竹斋"，后扩建为"凤池书院"，现为村中小学。村里流传着一首《读书歌》："一代绝书香，十代无由续，书不读、礼仪薄，纵有儿孙皆碌碌。"郭洞人崇尚读书的风气可见一斑，尤其是当我们走进何氏宗祠的时候，这种感觉更为浓烈。祠堂正厅上，悬有"进士""进士及第""司马书升""文魁""登科""敬教劝学"等牌匾近四十块，都是明清两代，朝廷及各级官府所赠。

然而，郭洞也有视功名利禄为粪土的读书人，何寿之之子何贵就是其中之一。何贵熟读圣贤之书，满腹经纶。在宦海沉浮了若干年，做到长沙太守，发现宦海并非乐土，于是毅然辞归故里，于屋后的宝泉岩筑碧云庵，过起了"仗履空亭下，长歌洒一卮"的隐居生活。

在郭洞，我们不光感受到厚重的历史文化和浓浓的书香，更为郭洞的自然景观所陶醉。郭洞的山给人以博大，郭洞的水给人以智慧。在郭洞走一圈，你会觉得一身的俗气都会被清洗一空。

踏雪东天目

这个冬天来得特别早。老天也有点急不可耐了，先是洒下阵阵冻雨，然后索性就飘起了雪花。

为了先睹今年的第一场雪，我和几位友人一起去了临安的东天目山。

其实在浙江西北部的山区都已经下雪了，之所以要选临安的东天目山，是因为那里有一座著名的昭明禅寺。南朝梁太子昭明曾在这里读书，后来，人们就把他的读书处改为寺院，昭明禅寺因此而来。这样算来，昭明禅寺应该有1500多年的历史了。

天目山位于临安的西北部。因有东西两座山峰相对而立，故西面的那座山峰叫西天目山，东面的就叫东天目山了。几年前的一个深秋，我去过西天目山，山上除了红叶黄叶外，我印象最深的就是满山的大树，一两人合抱的树比比皆是，大的要七八人才能合抱。天目山的历史渊源极其久远，《山海经》里叫天目山为龙首山，民间也叫浮玉山。战国时期开始叫"天目山"，因两峰之顶，各有自然形成的一个水池，犹如两只眼睛仰望着天空，所以叫"天目"。

　　由于来去匆匆，那次没有时间造访东天目山。这次来天目山，其一为看雪，其二为看寺。

　　驱车至山下，天上就飘起了大片大片的雪花，仿佛是为我们这几个慕雪而来的远方客人而下的。待上得山来，雪就不下了。登山远眺，但见云山茫茫，而身后的山上，尽是皑皑白雪，岩石上的冰挂有半尺多长，毛竹被压弯了，松树被压折了，倒在路边，让人难觅上山的路。幸有山人指点，我们才在山涧旁找到登山的路。头上是压满雪的树枝，脚下是结着冰的石阶，右面是瀑水飞溅的深涧，路虽难行，然其乐也无穷。

　　平时只要半个多小时的路程，我们却走了两个小时光景。走完陡峭的石阶，来到一处相对平缓的山路上，我们遇上了一位下山背东西的年轻尼姑。看样子，小尼姑最多只有十五六岁，冒昧一问，才知她已经二十五岁了。老家是天津的，来这里修行已经三年。问她为什么年纪轻轻要来这里出家，她说，学佛。然后就转身下山去了。

　　从建筑上看，昭明禅寺好像新修过不久，其大雄宝殿金碧辉煌，藏经楼气宇轩昂，然而整个禅院却一片静穆，僧尼往来照面，只是双手合十，轻轻地念声"阿弥陀佛"。在昭明禅寺的里里外外转了一圈，感觉有些饿了，就想去要碗斋饭来吃。走进餐厅，见有二十多僧尼在用膳，只是听不到有人说话，抬头看一根柱子，上面写着"止语"二字。

　　一位老僧让我和他一桌吃。桌上有热水瓶一只，素菜三道，一为炒花菜，一为煮萝卜，还有就是一大电火锅的大杂烩，里面有青菜、香菇、土豆、笋干等，看上去也还算丰盛。每个菜碗里都放有一双公筷，每个座位前除了碗筷外，还有一只苹果。

盛了一碗饭，坐下来小心地吃着。因为太安静了，所以，把平时那种肆无忌惮的吃相都隐藏了起来，生怕发出声音来。

正吃着，路上遇到的那位下山背东西的年轻尼姑回来了，也坐到我们这桌来吃饭。她一坐下，没有先盛饭，只见她双手合十念了声佛，然后伸出两只食指合成一个人字形，放到额前，口中念念有词，念完了，抬起头，看到我们，嫣然一笑，算是打过招呼了。接下来就盛了半碗饭，慢慢地吃了起来。

也许是肚子太饿了，我的一碗饭很快就下了肚。放下碗，准备离席时，坐在我身旁的那位老僧也吃好了，他见我站了起来，就拉住我的手，指了指热水瓶。我以为他要我喝点水。我表示不渴，不想喝。他就拎起热水瓶，倒了半碗开水在自己的碗里，用筷子一搅，一口一口地把水喝了下去。我明白了他的意思。可是我的碗里除了有几粒剩饭外，还有我嚼过的菜根，用水一冲，看上去就像一碗菜汤，这可怎么喝呀！好在是自己嚼剩的，喝就喝吧。

喝完了，向老僧和小尼道过谢，站起来准备走，小尼又指了指桌上的苹果，要我带走。我再次道过了谢，拿起苹果，走出了餐厅。

下山途中，我们又遇到两位背物品上山的尼姑。闲聊中，得知一位是河南的，一位是内蒙古的，她们来此修行也都有两三年时间了。

两位尼姑各自背着沉重的背篓，踏着积雪深厚的石阶，渐渐消失在雪松深处……

鹅湖山下

（一）

读诗至"鹅湖山下稻粱肥，豚栅鸡栖半掩扉。桑柘影斜春社散，家家扶得醉人归。"不禁为诗中所描述的那种恬淡的意境所绝倒。作者王驾，晚唐诗人，字大用，自号守素先生，生于河中（今山西永济），公元 890 年中进士，官至礼部员外郎，后弃官归隐。《全唐诗》收录他的诗仅六首，与张若虚一样，存诗虽不多，但质量却很高，尤其是这首《社日》和另外一首《雨晴》（雨前初见花间蕊，雨后全无叶底花。蜂蝶纷纷过墙去，却疑春色在邻家。）流传甚广。

诗中所描写的乡村社日情景，具体位置是在今江西省铅（读作"沿"）山县境内鹅湖山。想象中，鹅湖山一定是个鹅鸭成群，鱼虾满塘，一派山明水秀的南方山乡。

后来又读辛弃疾的《鹧鸪天·游鹅湖醉书酒家壁》：

"春入平原荠菜花，新耕雨后落群鸦。多情白发春无奈，晚日青帘酒易赊。　　闲意态，细生涯。牛栏西畔有桑麻。青裙缟袂谁家女，去趁蚕生看外家。"

这首词与王驾的《春日》有异曲同工之妙，且写的也是鹅湖山一带的乡村景象，不觉对鹅湖山就生出太多的向往来。

（二）

2016 年初的一个周末，我去了鹅湖山。虽说向往已久，但这次去鹅湖山，纯属随缘。

这一天，天很冷，没有阳光。我开着车，一路向南，两个多小时后，就来到了江西省铅山县县城——河口镇，但我还是顾不得天色将晚，直奔鹅湖山而去。

这时，天下起了毛毛细雨，在去鹅湖山的路上，目所能及的，全是稼轩笔下的景致。

"一榻清风殿影凉。涓涓流水响回廊。千章云木钩辀叫，十里溪风罨稏香。　　冲急雨，趁斜阳。山园细路转微茫。倦途却被行人笑，只为林泉有底忙。"（《鹧鸪天·鹅湖道中》）

来到鹅湖山下，天开始慢慢地暗了下来。幸运的是在鹅湖山下遇见一位对鹅湖寺及鹅湖书院颇有研究的工作人员，他简单地和我介绍了鹅湖山。

这位工作人员姓叶，是江西省书院研究会常务理事、鹅湖书院风景名胜管理区管委会的科长。他说：鹅湖山，位于铅山县南部，海拔 690 米，属武夷山的一支余脉。上有峰顶寺"慈济禅院"，曾与浙江的普陀山、灵隐寺，以及四川的峨眉山、山西的五台山等，同为天下八大丛林之一。鹅湖寺开创于晚唐，宋真宗景德四年，被赐名为"仁寿寺"，明万历年间，香火最盛，僧人多达数百。直到"文革"前夕，鹅湖寺还有常住和尚一百多，殿宇三十余座。"文革"时，所有禅院全被毁去，寺中和尚尽被遣散。山中大量的古枫、银杏、柳杉、罗汉松等珍贵树种，也多数毁于斧斤之下。

时间已经不早了，又下着雨，看来，进鹅湖寺礼佛已是不可能了。

见我面有难色，小叶说，那就先到书院去看看吧。

（三）

书院位于鹅湖山下，占地8000多平方米，拱形的西大门（又称礼门）的正面门顶上"鹅湖书院"四字及背面的"圣域贤关"四字，雄浑有力，小叶说，这都是清道光年间铅山县令李淳所书。

进礼门右拐，即为头门，门匾上书"敦化育才"，两边的篆书对联："鹅从天外飞来，藏修游息，返本开新，人文化成弥宇宙；湖自地心涌现，吞吐涵容，承先启后，书院论道贯古今。"联首嵌"鹅湖"二字。

过礼门，是一座高大、气派的石牌坊，据说是明代的原物。牌坊顶上正中有"斯文宗主"四个大字，也出自李淳之手。

过牌坊，即为书院的主体建筑，分别有泮池、状元桥、东西读书亭、讲堂、御书楼、四贤祠、文昌阁，甚至还有关帝庙等。这些建筑，部分为明清时的旧物，也有新修的。在这些建筑中，有一个很不起眼的物件——"敬惜字炉"，引起了我的注意。这个"炉"的全身用青石雕刻砌成，高不过一米，内空，为焚烧字纸之用。古人以为，字为圣人所造，凡写有字的纸都不能随意乱丢，要用火来焚烧，否则是对圣人的不恭。这只"敬惜字炉"就是当年书院中的先生和学子焚烧字纸的炉子。

这时的鹅湖书院已经没有了游客。我独自一人在昏暗的长廊里，边走边看，仿佛走在时光的隧道中，聆听着古圣贤们的高谈阔论。

（四）

鹅湖书院中的"四贤祠"是为纪念南宋历史上的四大学问家——朱熹、吕祖谦、陆九龄、陆九渊所建。

吕祖谦，字伯恭，世称"东莱先生"，婺州（今浙江金华）人，原籍寿州（今安徽寿县），南宋著名理学家。吕祖谦博学多识，主张明理躬行，学以致用，反对空谈心性，是浙东学派的开创者。他所创立的"婺学"，也是当时最具影响力的一个学派，在理学发展史上占有重要地位。他与朱熹、张栻并称"东南三贤"。

朱熹，字元晦，又字仲晦，号晦庵，晚称晦翁，谥文，世称朱文公。祖籍江西婺源，出生于福建尤溪。宋朝著名的理学家、思想家、哲学家、教育家、诗人，"闽学"派的代表人物。他总结了以往的思想，尤其是宋代理学思想，建立了庞大的理学体系。简单地说，理学又称道学，是以研究儒家经典的义理为宗旨的学说，即所谓义理之学。朱熹创立的理学，成为宋代以后的官学，后人把他与孔子并提，称为"朱子"。

陆九渊，字子静，号象山，江西金溪县人。南宋著名理学家、思想家和教育家，与其兄陆九龄共同创立了"心学"，成为宋、明两代"心学"的开山之祖。

在很长一段时期，朱熹的"理学"与陆氏兄弟的"心学"产生了分歧，双方争论很大。南宋淳熙二年（1175年）六月，吕祖谦为了调和朱熹的"理学"和陆九渊"心学"之间的理论分歧，使两人的哲学观点"会归于一"，于是出面邀请陆九龄、陆九渊兄弟到鹅湖山与朱熹见面。六月初，陆氏兄弟应约来到鹅湖山北麓的鹅湖寺，双方就各自的哲学观点展开了激烈的辩论。这就是中国思想史上著名的"鹅湖之会"。

这场争论，实质上是朱熹的客观唯心主义和陆氏兄弟的主观唯心主义之间的一场争论，它是中国哲学史上一次堪称典范的学术讨论会，从某种意义上来说，这场争论，首开了书院会讲之先河。

鹅湖之会的中心议题是"教人之法"。在这个问题上，朱熹强调"格物致知"，认为"格物"就是穷尽事物之理，"致知"就是推致其知以至其极。并认为，"致知格物只是一事"，是认识的两个方面。主张多读书，多观察事物，根据经验，加以分析、综合与归纳，然后得出结论。

而陆氏兄弟则从"心即理"这个观点出发，认为格物就是体认本心。主张"发明本心"，心明则万事万物的道理自然贯通，不必多读书，也不必忙于考察外界事物，只要去除心的遮蔽，就可以通晓事理，所以尊德性、养心神是最重要的。反对多做读书穷理之工夫，以为读书不是成为至贤的必由之路。

争论会上，双方各执己见，互不相让，争论了三天，也没有决出一个胜负来。实际上，这次争论，是仁者见仁智者见智的一场争论。然而却推动了中国思想史的进一步发展。

自此次"鹅湖之会"之后，鹅湖寺声名大振。特别是朱熹住过的那间僧房，成为后人瞻仰的地方。后来甚至有人将其买下，作为个人的书房，也作为教书育人的地方。

（五）

宋淳熙九年（1182），在经历了一次次理想破灭之后，辛弃疾开始隐居，除了绍熙三年（1192）至绍熙五年（1194），短暂出任福建提点刑狱和安抚使外，在这前后的 18 年里，他一直隐居在江西上饶城外的带湖和铅山的瓢泉。

辛弃疾，字幼安，号稼轩，山东济南历城县人，有着强烈的爱国主义思想和战斗精神。其词艺术风格多样，以豪放为主，大多作品抒写力图恢复国家统一的爱国热情，倾诉壮志难酬的悲愤。由于与当政的主和派政见不合，被排挤落职，退隐山居，最后病逝于江西铅山。

淳熙十五年（1188），陈亮分别写信给辛弃疾和朱熹，相约到铅山商讨统一大计。但后来，朱熹因故未到。陈亮只和辛弃疾在鹅湖寺相聚十日。

陈亮，原名汝能，后改名亮，字同甫，号龙川，称龙川先生。婺州永康（今浙江永康）人，南宋思想家、文学家。陈亮才气超迈，喜谈兵事，与辛弃疾友谊颇深。两位词人在鹅湖山"长歌相答，极论世事"，共商恢复大计，畅谈英雄理想，相互激励。他们在鹅湖山写下了很多相互酬答唱和的诗词。这也是中国历史上继朱熹和陆氏兄弟相会之后的第二次"鹅湖之会"。辛弃疾的那首著名的《贺新郎·同父见和再用韵答之》就是在这次"鹅湖之会"上写的：

"老大那堪说。似而今、元龙臭味，孟公瓜葛。我病君来高歌饮，惊散楼头飞雪。笑富贵千钧如发。硬语盘空谁来听？记当时、只有西窗月。重进酒，换鸣瑟。　　事无两样人心别。问渠侬：神州毕竟，几番离合？汗血盐车无人顾，千里空收骏骨。正目断、关河路绝。我最怜君中宵舞，道男儿到死心如铁。看试手，补天裂。"

这首词反映了作者和陈亮在思想一致的基础上所结成的战斗友谊，抒发了他们坚持抗战、志在统一的壮志豪情。

分别之后，辛弃疾又写了一首《破阵子·为陈同甫赋壮词以寄之》：

"醉里挑灯看剑，梦回吹角连营。八百里分麾下炙，五十弦翻塞外声。沙场秋点兵。　　马作的卢飞快，弓如霹雳弦惊。了却君王天下事，赢得生前身后名。可怜白发生！"

（六）

南宋历史上的这两次"鹅湖之会"，赋予鹅湖山以浓重的文化气息。南宋嘉定元年（1208），朱熹的学生徐昭然，在鹅湖寺旁搭建茅屋，创建学堂聚徒讲学，传播理学思想。此后，又有南宋绍定年间的陈蔚在此聚徒讲学。淳祐十年（1250），江西提刑蔡抗请奏朝廷，把原来的"四贤祠"改为"文宗书院"。明景泰四年（1453），"文宗书院"更名为"鹅湖书院"。八百多年来，书院几经兵毁，又几次重建，其中以清康熙五十六年（1717）整修和扩建工程规模最大。

历经数百年风雨，书院风貌依旧，格局完整，基本保留了原状。从明嘉靖年间起，鹅湖书院就与嵩阳书院、岳麓书院和白鹿洞书院并称为天下四大书院。

从鹅湖书院出来，天已基本黑了，关门的时间也已早过，可小叶却一直在门外等着。他说，你这么大老远地赶来，总得让你看个够吧。等你迟迟没有出来，知道你大概已经沉迷了，像你这样的游客，我们怎么能催呢?

我为小叶的宽容而感动，更为书院深厚的文化积淀而沉醉。

故里梦寻

烟 雨 春 江
yan yu chun jiang

香椿树

吃树叶，是贫穷年代常有的事，但香椿树的嫩叶，却是山里人的一味佳肴。

春天来了，香椿树开始萌发新芽，抽出嫩叶，馋了一年的人们便迫不及待地采回来炒鸡蛋。

初次吃香椿炒蛋，很是不习惯，那股说不出的怪味直熏得我头脑发晕。后来，在人家的怂恿下，一点点地尝试，尝试多了，习惯了，反觉得香了，就像臭豆腐，闻起来臭，吃起来香。现在，我也会和别人一样，每到春天，就会惦记起香椿炒蛋来。

我家门口原有一株香椿树，高得超过了我家的老屋顶。冬天，父亲把给牛过冬吃的稻草一圈圈围着它一直堆到枝杈下。树上还有一个很大的鸟窝，每年夏天，几只大鸟围着它喳喳喳地叫。后来，鸟窝没了，却多出一个马蜂窝来。

这棵树是我爷爷年轻时种的，据说，当时爷爷一共种下三棵香椿树。与这三棵香椿树一起种下的还有三棵桐树、三棵梓树、三棵柏树。爷爷说，这些树是为我父亲种的，说等我父亲长大后，可用这些树造房子。我们那里造房子，讲究一点的人家，都要用这三种树做柱子，寓"百（柏）子（梓）同（桐）春（椿）"之意。

可是，这三棵树还没长到可做柱子的时候，就被人砍下作为"大炼钢铁"的燃料了，唯独剩下这棵香椿树没被砍倒，那是因为我奶奶一直抱着它不肯放手，才让它免遭斧斤之灾的。

香椿芽好吃，奶奶是知道的，但她从不让去摘，也不让别人摘，每年春天，她把下面的小枝剪得干干净净，目的也是不让人来摘，所以，香椿树一直往上长。每到夏天，树顶的叶子茂盛得就像一把伞，成了鸟们安家的好去处。

奶奶和爷爷相继去世后，这棵香椿树就失去了保护伞，特别是在那个连树叶都没得吃的年代，家门口的这棵香椿树上的叶子一长出来，就被摘得精光。

那时是没有鸡蛋的，直接把香椿芽煮熟了吃，也没有油盐。我妈还把香椿芽煮熟晒干，或腌制起来备用。

我出生以来，吃树叶的日子刚刚过去。所以，香椿芽对于我来说，已经是一种可口的山鲜了。但是，没过多久，我家门前的那棵香椿树，不知是因为老了，还是别的什么原因，反正在一个该长新芽而没有长新芽的季节里，被砍了。

香椿树也是一种奇特的树。山里的树木很多，有的以木质坚硬见长，有的以纹理细致名世，比如樟树，做箱子可以不生虫子；比如杉树，做箱子既轻巧，且能防潮。而香椿树的奇特之处是，可用来做碗等盛食物的器皿。

二十多年前，我在山里教书时，常见学生们都喜欢用一个木制的圆筒盛饭菜，圆筒有保温瓶般粗细，长不足一尺，里面装着炒好了的菜。山里的孩子读中学往往要跑几十里山路，因而大部分学生都要住校，一个星期才回家一次。在学校，吃饭的问题尚好解决，带来的粮食一煮一大锅，分着吃就行了。但菜呢？却得从家里炒好了带来。

学生们告诉我，这种菜筒是用香椿树制作的。用香椿树盛菜不易馊，这些菜保存七八天都不成问题。学生们还告诉我，制作菜筒很简单，就是锯一段香椿树，将里面挖空，再加上一个盖子就行了。香椿树菜筒子里装的熟菜隔了七八天还不会馊，我没有尝试过，也不敢断定，但山里的孩子读书的艰难我却永远忘不了。

我家门口那棵砍下的香椿树有没有用来做菜筒，我不知道，然而，每到春天，当我吃到香椿炒鸡蛋时，我就会想起深山里的孩子，想起我当年的学生们手中的香椿树做的菜筒子。

秋田雨雀

在一个阴雨迷蒙的秋天，我回到了故乡。

走在故乡刚刚收割过的秋田间，看到一群麻雀，在秋雨中嬉戏，这是一幅多美的田园小品啊！我把她叫作"秋田雨雀"图。

我住在县城里，离故乡虽然不远，但也有很长一段时间没有回到故乡来了。这次回到故乡，看到物是人非的田园，沧桑感像刀一样扎得人生疼。我发现自己已经习惯了城里的生活，对老家，反而有一种陌生感。

从老屋出来时，一眼就看到了这幅"秋田雨雀"图，一时间，沉睡在心底的某种情感慢慢复苏了。

我不知道家乡人为什么把这片田叫作秋田。

秋田就在老家的屋前，一片收割过的农田，只留下一行行稻茬，一些细小的青草羞怯地躲藏在稻茬底下，有紫云英，有鸡爪草，有蛇莓……不仔细看绝对看不到它们，只有到了春天，它们才会蓬勃起来，铺天盖地地蔓延开来。那些麻雀就在稻茬间跳跃，寻找散失的谷粒。它们有时候飞起来，飞到近旁的草垛、乌桕树上，抖掉毛上的雨珠。它们有点怕我，见我走近，就"呼啦啦"地飞走了。我真想变成一个稻草人，让它们全落在我身上。有时候，它们飞到老水牛的背上找虱子，叽叽喳喳叫几声又落在了秋田里，或者成群结队密密麻麻地从我头顶上飞过去，越飞越远，慢慢变成一个个小黑点，随后又飞回来，成百上千的麻雀一掠而过，又还原成一只只小麻雀。

我在这片秋田边生活了十八年。童年时代，我们在秋田里支着竹筛捉麻雀。麻雀是一种性躁的鸟，被人捉住后从来活不过一夜。有时候，我们趴在大草垛上看月亮，秋夜的月亮真大，月亮架在树枝上就像个大鸟窝，星星就是鸟儿，它们从四面八方往里面飞。草垛旁的小路，我上学放学都要走，走了整整十年，我知道路上的一切，比如哪个地方有个小坑，哪个地方有块石头。还有那头老水牛，有时我们在很窄的田埂上相逢，它会很听话地低下头让我拉着它的角当把手，从它身边走过。还有那棵歪歪扭扭的乌桕树，我从来不敢接近它，据说树底下有吊死鬼，我们只能远远地看着它秋天一树红，冬天一树白。

我以为我早已把故乡忘却了，这些年我一直在城里过着另外一种生活。而这次回家，看到这幅"秋田雨雀"图，一下子让我重新找回了久违的欢喜与冲动，让我找到农耕的古典情怀。我在想，一个人的心灵是自己可以控制的吗？不是，一个人的经历已经把一切规定好了，你无法逃避，人要改变自己不知道有多难，过去了的昨天其实它并没有过去，它就沉淀在你的身上，左右着你的今天、明天，成为你今后生命的一部分。

母亲在喊我吃晚饭了，那一瞬间，我发现自己从来没有长大，也从来没有离开过故乡，我一直就是那个单薄的在故乡秋田里捉麻雀的孩子。

杨梅的味道

杨梅熟了。

满街都有红透熟透的杨梅卖。那一筐筐一篮篮，还带着山露，带着青叶的杨梅，让每个从它们身边走过的人，都馋涎欲滴。

早上走进办公室，见桌子上放着一大篮杨梅，上面还盖着一层青蕨，口水就止不住地往下流。捡一颗放进嘴里，一股甜甜的酸酸的汁水立即充满口腔，让人满口生津。问同事，说是一老乡给我送来的，问其相貌，同事只说是个四十来岁的男人，其他也就难道其详了。

吃着这杨梅，又让我想起小时候去枫岭山偷杨梅吃的事来。

那时候，我们都还是十二三岁的小孩，正是又贪吃又贪玩的年龄，加上那时候真的没啥东西可吃，所以，上山采野果、偷吃人家的水果，成了我们一年四季满足口舌之欲的唯一途径。采野果当然没人干涉。从春天的野刺莓、夏天的野李子、秋天的野山楂、野猕猴桃，一直采到冬天的野柿子，凡是好吃的，我们都想法子去采来吃，也不管味道如何。特别是像野猕猴桃、野柿子这类野果，刚采来是不能直接吃的，必须要放到稻草堆或谷堆里去涩后才能吃，但我们还是吃得有滋有味，因为毕竟是自己从山上采来的。自己劳动得来的果实，享受起来特别美。

偷吃人家的水果，就要担一定的风险，挨主人的骂是轻的，要是主人把你押回自己的家，或把状告到你家，那吃一顿笋炒肉丝面（挨一顿竹丝的打）是少不了的。打归打，但那些熟透了的水果的诱惑力，还是难以抵抗，所以乡下人就编出一套"水果水果，一人一股"之类的歌谣来，为偷吃人家家里的水果做无理的辩解。

我们也正是唱着这样的歌谣，去偷吃枫岭山方家的杨梅吃的。

枫岭山是我家乡的一座山，山上只住着一户人家，据村里老人说，这户人家是从江西迁下来的，姓方，大家都叫这家人的主人为方家人。在我们十二三岁时，方家人已经去世，只留下方家人的跛脚老婆和他的儿子小方家人。那时候，小方家人只有七八岁光景，常常挂着两行黄黄的鼻涕。另外还有房前屋后的那一大片果树。这片果树简直成了我们这批顽童的乐园。因为这里前后左右都没有人家，主人只有一老一小两个人，我们就经常借上山砍柴的名义，偷偷溜到方家人屋后，伺机偷吃。

那天午后，天刚刚下过一阵雷阵雨，山间还弥漫着层层云雾。我们一帮七八个顽皮鬼就兵分两路，偷偷来到方家人家的房前屋后。第一分队由我带队，先绕到屋后的草丛里埋伏好，另一分队的人则到门前去叫："水果水果，一人一股。"引得老太婆跛着脚，急匆匆地赶到门前叫骂，我们就趁机窜到屋后的杨梅树上去。由于杨梅树又高又大，树叶十分茂密，一两个人躲在上面，不注意看，根本看不出来。

我们脱下长裤，扎紧两个裤脚当布袋，每人摘了满满两裤脚，就飞快地跳下树来，朝屋后山上逃去，边逃边喊："杨梅杨梅，一口咬去血累累。""水果水果，一人一股。"直气得跛脚婆婆站在杨梅树下破口大骂。

我们两个小分队会师在山顶，坐在一块特大的石头上，一边"欣赏"着跛脚婆婆的骂声，一边吃着酸甜的杨梅。那时候的我就像花果山上的美猴王，其余几个顽皮鬼就是小猴子了。

当天晚上回家，我们全体"猴哥猴弟"不约而同地吃了各自父母的一顿笋炒肉丝面，当然其味远远不及杨梅。

这件事已经过去三十多年了，现在想起来，仿佛就在昨天。

而今上街看到那些卖杨梅的，我就努力去寻找，看有没有小方家人，如果真的让我找到小方家人，我一定要整担整担地把他的杨梅全部买下，以弥补小时候由于我的不懂事而做出的对不起他们一家的事。

前不久回家，正好遇上小方家人。他见到我，憨厚地说："那天我去找你，你不在，我就把杨梅放在你的桌子上了，不知道那杨梅的味道好不好？前几年，我已经把家里的那些杨梅树进行了品种改良。现在的杨梅是果实大，味道好，今年又是个丰收年，而且价格也不错……那天在街上，看到你在我旁边的一摊子上挑杨梅，我就想，你还是那么喜欢吃杨梅，所以我就给你挑了一些，送到你办公室，让你尝尝……"

听了他的这一番话，我的心里涌起了一股类似杨梅那酸酸甜甜的味道，我是要感谢他呢，还是要向他谢罪？

寻根

我是在四十岁的时候，才知道自己的祖籍是仙居的。

小的时候，爷爷曾跟我讲过，我们的祖上是台州的。那时候，我还小，不知道台州在哪里，离我们这儿有多远，也不知道爷爷为什么要告诉我这些。可是过了不到一年，爷爷就去世了。那一年，爷爷七十二岁。

大约过了十多年，我的一位堂叔告诉我，说台州那边正在准备续修家谱，要我把全家人的详细情况汇总一下。结果，那一次，家谱没有修成，台州那边也没有了音信。

上世纪末，台州又有人来联系修谱的事。这次我才知道，以前说的台州，只是一个大的概念，其实我的祖籍具体地讲，是台州地区仙居县横溪镇下沈村。来的人有七十多岁，可他说，按家谱中排起来，他要叫我爷爷。

2000年冬天，仙居那边来电说，家谱修好了，要我们派代表去领谱。

我终于踏上了寻根之路。

其实，从建德到仙居并不远，四五个小时的汽车就到了。可在以前，仙居和缙云之间横亘着一座巨大的山，叫仙居岭，据说要翻过这座岭，须备足两天的食品，而且要几十人结伴而行，因为山上时常有老虎出没。我在想，当年，我太公是怎样翻过这座大山来到建德的。

当然，现在去仙居，再不用翻仙居岭了。

我们到达下沈村已经是九点多钟了，鼓乐队早已在村口等候。我们一到，鼓乐齐鸣，把我们迎进村里的大礼堂，那位叫我爷爷的长者高兴地出来接待了我们，他说，我还以为你们不来了呢，真是贵客啊。我说，怎么说是客呢，我们这是回家啊！是的是的。他一边说，一边领我们到村里走了走。我急切要寻找我祖上居住过的房子，可是他说，房子已经没有了，说着，他领着我走到一个弄堂的尽头，指着一块菜地说，这就是你太公他们居住过的地方……

我站在菜地的边上，一时感慨万千。这就是我祖上世代生活过的地方？我的祖上都有过哪些人呢？是什么原因让他们背井离乡的？要是他们不离开这里，还会不会有我……这样想着，我的眼里仿佛有了泪水。长者拉了拉我的衣袖，说，我们去喝茶吧。

我在长者的家里坐下，长者又领进一位年岁更大的人，对我说，他是与你的太公血缘最近的人，从旧家谱中可以查出，他与你爷爷同辈，且与你爷爷同一个太公。他是至今为止最完整收藏着《沈氏宗谱》的人，这次修谱，就是以他收藏的旧谱为底本的。

后来我在他家里看过那套旧谱，有二十七本之多，叠起来有五十厘米高。他还告诉我，我们这支沈氏是后唐时从武康（浙江德清县）迁来的，奉沈约为祖。

　　在下沈村里走了一圈，走访了部分同宗，领来新家谱，我们就踏上了回程。这时，已经是夕阳西下的时候了。我坐在车里，耳边尽是些"下次再来""多到老家来走走"的叮嘱声，我的心中热热的，眼里潮潮的。这里虽然已经没有了我的家，但这里就是我的家，我们沈家已经在这里居住了一千多年，相对于他们来说，充其量，我只是一个终日不归的游子而已。

　　我会回来的——我对他们说。

唱戏

　　年少时生活在乡下，日落而息后并无多少娱乐活动，只有把那几段从大人那里听来的小调反复地哼唱，虽不知唱的是什么，但也能打发上床前那一段难熬的时光。那时最盼的是看戏看电影。若是村里来了电影队或戏班子，那简直像过节。

　　活跃在我们这一带农村的大多是婺剧团。说来惭愧，我虽喜欢赶场，但除了几出戏名和几段婺剧旋律外，我对婺剧的认知至今还是个"盲"，倒是对京剧（革命现代京剧）和越剧则熟悉得多一些，这主要是因了那时"人人学唱样板戏"及一本越剧《红楼梦》电影的不断放映的缘故。

　　像我们这个年龄或比我们大一些的人，一说起样板戏，也许都会来那么一两段，而我则是一有机会就追着电影队反复地看，这还不过瘾，还用节省下来的几角可怜的零花钱去买连环画，或者坐在广播下从头至尾细细地听，结果把几本主要的"样板戏"听得滚瓜烂熟，到现在，我还能把《红灯记》《智取威虎山》等从头至尾唱念下来。

　　大约是1976年的秋天，学校刚开学，老师就在班里宣布，要排一场《红灯记》，准备参加国庆会演。当时挑中的是第六场"刑场斗争"，并由我演李玉和。李奶奶、鸠山等人都有了人选，只有李铁梅一角无人能够胜任，班里的女同学不是相貌不行就是唱腔不行，老师就把物色李铁梅演员的重任落实在我的头上，并且不规定选拔范围。于是我很快就向老师推荐了二班的一位女同学，结果那天放学后一试，果然行。在接下来的日子里，我就与这位女同学经常在一起练唱。我唱"我女儿和我一样肝胆"，她唱"爹爹给我无价宝"。练了差不多一个礼拜，就从北京传来了噩耗：毛主席逝世了，我们的节目也就半途夭折了。这是我生命中唯一的一次演员生涯。

我对《红楼梦》的认识是从电影开始的。

那时，我们所看的"样板戏"除了革命还是革命，其中的主角都是"红色光棍"或"革命寡妇"，就像《林海雪原》中小白鸽（白茹）与少剑波之间那么美好的爱情，到了《智取威虎山》中就成了干巴巴的上下级关系。而越剧《红楼梦》的突然出现，真有点石破天惊的感觉。戏中不仅有爱情故事，而且那个林妹妹竟是美得让人眼发直，口难合。我们村里有个三十多岁的光棍看过《红楼梦》后，回来在家睡了三天，到了第四天，他是扛了一把挖山锄，唱着"林妹妹呀"上山去挖茶叶山的。后来，人们就常看到他一个人躲在一边，拿着那张从一个小学生手里讨来的印有林妹妹的卡片发呆。

我小小年纪，怎能理解一个光棍的心思？只会在有人没人的地方，不知不觉地唱一段"黛玉葬花"或"宝玉哭灵"，以至于有好几次被那光棍叫去，让我教他唱"天上掉下个林妹妹"。

　　前些时候，听说我乡下老家的那个光棍去世了，人们在整理他的遗物时，还翻出了几张《红楼梦》画卡。

　　其实，人生是个大舞台，我们每个人都在这个大舞台上各自扮演着不一样的角色，唱着不一样的戏。

写春联

说来惭愧，我从小学读到大学毕业，几个钢笔字写得鸡爪似的，至于毛笔字就更不用说了，因此没少挨老师的批评。可我那斗大的字不识一箩的老爸却有点"敝帚自珍"，竟把我当秀才使用。

在我还在读小学的时候，我老爸曾经当过几年生产队里的经济保管员。那几年，老爸的"明细账"都由我代记。每逢年终结账，老爸捧着明细账本，乐滋滋地给队长、会计看，说："这是我小儿子记的，你们看，清楚不？"言语之中流露出无限的自豪和欣慰。

有一年的大年三十，老爸叫我写春联。说实在的，我在学校里虽然练过毛笔字，但那只不过是为了应付老师的作业而已，根本没有用心去练过。凭我这水平去写春联那可要出丑了，我的那几个臭字，怎好往大门上去涂？这不把人家的大牙笑掉才怪呢。然而父命难违，再说我们兄弟姐妹七个，偏偏让我一直读书，我应该有所回报才是。于是硬着头皮，应承了下来。

老爸给我买来几大张红纸，裁成条状，让我到楼上去写。我整整写了一个上午，眼看买来的红纸快被我写光了，还没写出一副像样的对联来。到了中午，老爸在楼下高声喊道："对联写好了没有？"说着就"咚咚咚"地上楼来了。他一看我挂在墙上的几张"草稿"，高兴了："毕竟是要读书的，我儿子会写对联了。"说着就揭下墙上的两张春联，乐滋滋地下楼去了。

等到老爸把一副春联上下联颠倒着贴在大门上的时候，我越看越不是个滋味，越看越觉得无地自容，恨不得立即挖个地洞钻进去。可我老爸见人就说："这是我小儿子写的，不错吧！"说着又是满脸的得意。

我们村不大，只有一百来号人，但能写会评的却大有人在，况且正月里来往拜年的人络绎不绝。我家的这副对联自然引来了不少争论。大概是当面不揭人家短的缘故吧，有说对联内容好的，有说字体颇有颜真卿风骨的，也有说字体与内容达到完美统一的。只有我舅公，他是从来不当面说好的，他把我叫到一边，轻声地对我说道："年轻人不要太轻狂了。没有长时间的锻炼，石头怎么会变成黄金呢？"我听了此话，顿觉醍醐灌顶。

此后，我做任何事都不敢马虎了。只是到现在为止，我的书法水平仍然没有多少进步，真是愧对我那"敝帚自珍"的老爸，还有我那九泉之下的舅公啊！

跑片

以前，每个公社（现在叫乡）都有一个电影放映队，轮流在各村放电影。每天傍晚，公社广播站都要把当天晚上在哪个村放电影的消息告诉大家。在文化生活极其贫乏的日子里，轮到放电影的那个村里的人就像过节一样高兴。大人们早早收工洗脚吃晚饭，小孩子们老早就背着凳子抢占好位置。等到夜幕降临，电影放映队的人满头大汗地扛着"家伙"来了。他们七手八脚一阵忙乱之后，挂在幕布边的喇叭就唱起了《三大纪律八项注意》或者《大海航行靠舵手》之类的歌曲。

在村里放电影基本上是露天的，电影机都是 8.75mm 的小型机，而且都摆在不知从谁家借来的摇摇晃晃的八仙桌上，所以，无论是音响效果还是图像的清晰度都是达不到要求的，而放的电影又都是黑白片，可是大家就是喜欢看。老人妇女在前排，男子汉们一般站在后排，孩子们则凭借着自己的身手，或攀上树枝，或爬上墙头，有的甚至跑到幕布后面去看。

一般情况下，一部电影要在每个村都轮流放一遍，让全公社的人都能看到。但是，有时候遇上好的电影，而且租片的时间又短，电影队的人就想出了一个"跑片"的办法。也就是电影队的人兵分两路，两部电影机同时开机，每一个片子在第一个村放完，就立即送到第二个村里去放，这样，一个晚上可以放好几个村，有时甚至白天黑夜连着放。

我就当过一次跑片人。

记得有一次是放映朝鲜故事片《卖花姑娘》。早就听说这部电影很好看，而且在我们公社只放三天。我们村为了争取放这部电影，就派人首先到公社放映队去扛来一台电影机。那天傍晚，公社广播站就播送了晚上将在我们村放映《卖花姑娘》的消息。这下子可好，附近几个村的人都涌到我们村来看了。大家左等右等，还不见放映队的人来。大约九点多钟以后，才见到放映队的人，他只带来一个片子。他一到，就把片子装上电影机开始放映，同时，他又通过广播要求派一个人到公社所在村去拿第二个片子。大家都等着看电影，有谁愿意去呢？这时，站在我身旁的阿秋主动提出愿意去。队长说，去拿片子可以记三分工分。阿秋拉着我离开了电影场，跑步前往公社所在村。

从我们村到公社所在村有五里多路，而且还要翻一座山。我和阿秋一阵快跑，来到山脚下，我俩都已跑得气喘吁吁上气不接下气了。我们想坐下来休息一下，可是阿秋说："我们不能休息，大家还在等着看第二个片子呢。"于是，我们又马不停蹄地翻过山，向公社所在村飞驰而去。

当我们把第二个片子拿回来的时候，第一个片子正好放完，我们拿来的片子正好接上去放，没有耽误一点时间。我俩如同按时完成了一项军事任务一样感到无比的光荣。

后来，队长果然给阿秋记了三分工分，同时也给我买了一支HB铅笔。这事一直让我自豪了好多年。

种兰

在老家，每次上山，见有异样的草木，我都想方设法弄下山来，种在房前屋后。许是因了我的懒惰，抑或是因为这些草木离了生它养它的大山，它们都先后枯死了。最后只剩很少几种残喘在断垣之下，检点一下，其中就有几株是兰草。

那时候，我也不知道兰草有花中君子之美誉，只觉得这种草看上去特有精神，好种，不需要经常浇水，也不需要施太多的肥，所以，以后上山，不挖别的，只寻兰草了。

成年后，在外面工作，多年来居无定所。早年种在乡下老家断垣之下的那几十株兰草，早已在四哥拆旧屋造新房时被毁，如今已经荡然无存了。现在想起来，当真觉得有些可惜，再想上山去寻些来，也已不大现实，一来因为煤气的普及而使山上日渐荒芜，要想上山，恐怕连路都找不着了；二来这些年里，兰草已成了一些人的致富门道，山上已很少见到兰草的踪影，所以小时候种的那些自己亲手挖下山来的兰草，只有在我的青梦中，还能见到一下她们的倩影。

十年前我在县城定居下来，不久后也有了属于自己的房子，年少时那种爱花爱草的心性又开始萌动了，可种了一些品种，最后剩下的，也就是几盆兰草了。对于种兰养兰，我绝对是门外汉，也不识几个兰花品种，我之于养兰，纯粹是为了赏心悦目。

窗台上雕花兰盆里，那几株不同品种的兰草，看上去除了那一抹青绿给眼目带来愉悦外，更有一种因兰草所特有的芳姿而给人一种精神上的快慰。

兰花的高贵脱俗，为历代文人雅士所钟爱，尤其是她们那种阳刚与柔美兼具的特质——根之洁白、茎之充实、叶之翠绿、花之清香，更塑造出只有兰花才有的飘逸、含蓄、清幽、芬芳、坚毅、柔和等形象，也难怪历代文人雅士不但经常赞美歌咏兰花，也喜欢用兰花自喻。爱国诗人屈原忧国忧民，他在《离骚》中以兰花来比喻自己品格的清高，抒发自己对楚国人民的深厚感情。孔子说："芝兰生于谷，不以无人而不芳。君子修道立德，不为困穷而改节。"还说："与善人居，如入芝兰之室，久而不闻其香，与之俱化。"几千年来，兰花已在国人心中奠定了崇高雅洁的地位。

种几盆兰花于窗前，每天早上起来，打开窗，欣赏一下兰花那清秀的容姿，真有心旷神怡的感觉。若于案前置一盆作为清供，每于案牍劳形之后，抬眼看上几眼，眼目立即为之清亮，精神也立即为之焕发起来。

我对于兰花的要求，不在于名贵，不在于稀有，只要怡人，就好了。

看相

　　我是绝对的无神论者和唯物主义者，对于烧香拜佛算命拆字之类，毫无兴趣，也从不相信。

　　友人祝君却是很相信"命"的，每遇挫折就哀叹"这是'命'"，游寺逛庙，他少不了上三炷香，叩三个头，乞求神灵保佑。路遇"算命先生"则抽牌拆字，占卜前途命运、婚姻财气，并且每次都要怂恿我也算一卦。

　　一天，在兰溪大桥下面，我经不住祝君的一再怂恿，有生以来看了第一次相。因出差在外多天，衣衫零乱，蓬头垢面，这看相先生先是对着我好一阵审视，又拉起我的左手细细地看着，并且详细地问了我的"生辰八字"，然后就微合双眼，掐起指头，嘴里念念有词，最后做惊恐状："先生之'命'不妙啊！"我被吓了一跳，第一次看相就看了个"凶相"。正当我要问个端的，他挥了挥手："君'命'不妙，相也不可再看，但请赶快登程吧，不必付钱了。"我的命竟然"凶"到一文不值？也罢，谁叫我平时不烧香呢？

　　对于这次看相的结果，我虽然不大在意，但心里到底忐忑不安。过后，祝君问我："当时你怎么不向他求个避灾之法，大不了多花几块钱罢了。"哦！看相的还管"救命"？因此，我若有所悟，心想：下次有机会定将讨教。

有段时间，我身染小疾，但难辨病容。闲来无事，踱至街边一拐角处，见路边有一看相先生生意颇好，我走上前去看了一次："命运本天定，轮回不可寻，运去金成铁，运来泥变金……"他这样模棱两可不着边际（此看相算命之诀窍）地念了一通之后接着说："先生印堂光光，天庭饱满，两耳前遮，唇红齿白，主大富大贵……"念完之后，看相伸出五个指头："五十块。"天哪！我的"命"一下子就涨了那么多。原来，"命"真的有贵贱之分的。

醉酒

父亲好酒。要是一天没酒，脸色就特难看，吃饭端碗时总伴有乒乒乓乓的撞击声。母亲只好到鸡窝里摸一只还带有母鸡体温的鸡蛋，去给父亲换几两烧酒。

父亲喝酒时，母亲就告诫我们："小孩子是不能喝酒的，喝酒要变成傻瓜的。"

为此，我对酒一直敬而远之。

可是在宁可一日无饭，也不可一餐无酒的父亲的熏陶下，我觉得父亲酒盅里飘出的那股香气特别诱人。

一个冬日的傍晚，我放学回家，一脚踏进家门，就隐隐闻到有股香味不知从何处飘来，而且比父亲杯中的香味还要好闻。

晚上，我一个人坐在被窝里看书，那诱人的香味又接连不断地直往我的鼻子里钻。我的注意力已无法集中，干脆丢了书本，披衣下床，开了房门，蹑手蹑脚循着香味一路寻觅而去。刺骨的寒气直往我的怀里钻，我禁不住一阵寒战，连忙把衣服往身上裹得紧些。

丝丝缕缕的香味，飘忽不定。我张大鼻孔，一路寻找。走进厨房，在墙角的稻草堆里，我发现了一只缸，那诱人的香味，正是从这里出来的。

我好奇地揭开缸上的木盖一看，原来里面竟是一缸还在发酵的酒酿，中间的小洞里正嗞嗞地冒着泡泡。

"好香啊！"

我伏下身去，把整个脑袋都埋进缸里，皱起鼻尖，深深地吸了又吸。心想，这么香的酒酿，吃起来一定是很甜的。但担心喝了酒要变成傻瓜。我只好咽着口水，把木盖重新盖上。

夜，静悄悄的，父亲的鼾声很有节奏地从房间里传来，全家人都睡得沉沉的。我恋恋不舍地从厨房里退出来。但没走几步，又踅了回去。那酒实在太香了。

"我就尝一下味道，不多喝，总不要紧吧！"我在心里对自己说。于是，我重新回到酒缸边，揭开木盖，小心地用手指在中间的小洞里蘸了一点儿，一尝，哈，真香啊！再来一点，再尝，哈，真甜啊！醇香馥郁，直沁心脾，平生从未尝到如此美味的东西。我蹲在酒缸边，不断地尝，早把母亲那句吓人的话忘得一干二净。我找来一只瓢羹，一瓢一瓢地喝了起来。不一会儿，中间小洞里的酒让我喝干了。抬起头，我发现电灯已变成了两盏，而后又变成了三盏、四盏，直至一串。脚也轻飘飘起来。不好，我醉了。我赶紧盖好酒缸，捂好稻草，准备逃离现场。但想到小洞里的酒被我喝光，说不定明天母亲查看时会露出马脚。我急中生智，到茶钵头里舀来一碗冷开水倒入小洞中，然后迅速伪装好现场，溜回房间。

头一搭上枕头，就感觉整个房间都旋转起来，人就好像睡在一只小汽船里，在大海上随风漂荡。漂呀漂，不一会儿，连人带

"船"都漂进了无底深渊。

　　第二天醒来，已是日上三竿，偷眼看父母的脸色，未发现有异样动静。我赶紧拎起书包，早饭也顾不上吃，飞快地朝学校跑去。

　　那一年过年，父亲每喝一次酒都要唠叨几句："今年的酒咋这么淡？"

　　站在一边的母亲一脸的无奈，而其中的秘密只有天知地知和我知啦。

挨打

　　小时候家境贫寒。母亲操持家务,拉扯我们兄弟姐妹长大,还要照顾年迈的爷爷,够辛苦的啦。父亲是一家之主,也是家里最主要的劳动力,所以家里有好吃的都先让给父亲。母亲每天做早饭时都要从锅里捞一碗白米饭,然后再往清得不能再清的粥里剁下一锅的番薯块,煮熟了全家吃,那一碗白米饭就留给父亲一人享用。我最小,很得父亲的宠爱,因此,父亲经常扒一些饭在我的碗里,说是让我吃了快点长大。每当此时,母亲总要瞪我一眼,那眼光分明是在说我不懂事。我也装作没看见,管自己吃下这口难得的白米饭。我很为自己有这样的特权而得意。

　　有一年春天,正是青黄不接的季节,父亲已好久没有吃上白米饭了。每餐他都和我们一样,以菜叶玉米糊充饥。我的肚子里整天都是"咕噜咕噜"的。

　　一天下午,我和村里的一些小伙伴去放牛。时过中午,大家的肚子都唱起了"空城计",这时,我们发现生产队里枇杷树上的枇杷都已透出了黄色。我们实在禁不住它的诱惑,就偷偷地摘了几串来吃。这一切都被队里的看守员严老汉给看见了,他就到队长那里把我们全给告了，队长把这件事分别告诉了我们的父母，并通知各家，每人罚五十分工分。

那天晚上，我把牛赶进牛圈准备收工。当我一脚踏进门槛就觉得家里的气氛有些不对劲。大姐在一旁紧张兮兮地对我说："你等着挨打吧。"

母亲阴沉着脸走过来，二话没说，一把将我按倒在板凳上，顺手抓过一把竹丝帚，扒下我的裤子，朝着我的屁股就是一阵乱抽。那竹丝帚打起人来格外疼。我趴在板凳上动弹不得，只是一个劲地号叫。而母亲打起来不肯歇手，直打得我皮开肉绽，钻心地疼。正在这时，父亲从外面回来了，他把肩上的锄头一甩，冲进门来，一把夺过我母亲手中的竹丝帚，冲着母亲大吼："孩子不懂事，做错事教育几句就行了，你这么狠心，打坏了怎么办？"母亲正在气头上，哪里听得进父亲的话。她又从门后拿来一根用来赶鸡的竹丝棍，朝我的脚上狠抽，我的脚上顿时出现了好几条血丝。母亲边抽边骂："我让你嘴馋！我让你嘴馋！那五十分工分你自己去挣来！"父亲拼命地抓住母亲手里的竹丝棍。母亲不肯松手。就在他们俩相持不下之时，站在一边的大姐朝我大喊："还不快跑！"我如兔脱笼，一下子就逃之夭夭。

我不敢回家。晚上，我躲在生产队仓库后的山上，饥饿、疼痛、害怕一齐向我袭来。我很后悔，后悔不该那样贪嘴，也后悔不该逃出来。我想回家，但我又不敢。

天越来越黑，也越来越冷。身后的树上有一只猫头鹰在叫，那声音让人毛骨悚然。过了好久，我听见家人在叫我，在找我。再后来，我又听见母亲在哭。我再也不敢在这里躲下去了，我拖着疼痛的双脚往家里走去。

　　母亲一见我回来，一把将我搂在怀里，哭得伤心了。我的委屈也一下子被勾了起来，眼泪不由自主地往外流。母亲撩起衣角擦去我的泪水，轻轻地抚着我的伤痕："妈以后再也不打你了。"而一向疼我护我的父亲则蹲在一边抽闷烟，脸上阴沉沉的，好怕人。不一会儿，他站起来，揪住我的衣领，朝我的屁股就是几烟筒："你躲，你躲出去就别回来。"父亲的脸像包公，眼睛像张飞，我从来没有看到过父亲发这么大的火。我一下子惊呆了。这一下轮到母亲骂父亲了："你这么大的喉咙干啥呀？还不把他吓坏了。"我躲在母亲的怀里，倍感温暖和安全……

　　其实，我的父母都是非常疼我的，只是我不该去偷集体的枇杷吃，也不该受点委屈就离家外逃，让全家人为我担心。

　　从那以后，我的父母再也没有打过我，当然，我也懂事多了。

甜甜的桑葚

　　我家门前有一口水塘，很早的时候，水塘边有两棵很大的树：一棵是柳树，另一棵是桑树，这两棵树都已经很老了，那棵柳树的心已经烂了，树上有很多洞，洞里栖居着猫头鹰，塘里的青蛙也经常爬到树上，蹲在树洞里玩，到了晚上，还发出"呱呱"的叫声。虽然年年春天柳丝拂水，但树腰佝偻，就像我记忆中垂髫驼背老态龙钟的爷爷。而那棵桑树明显要比柳树健壮得多。

　　桑树的躯干斜斜地伸向水面，几条粗壮的树枝上又分出许多细枝，仿佛一个巨大的华盖。小时候，我们几个小伙伴经常爬到这棵桑树上去玩，特别是春末夏初时节，整棵桑树叶茂枝繁，桑葚成串成串地躲藏在桑叶间，我要在树上摘个够吃个饱方才肯下来。

　　记得有一次，我又爬上桑树，坐在树枝上，一边摇一边唱着"摇呀摇，摇到外婆家……"正玩到高兴处，树枝断了，连人带树枝都掉到了水里。好在我从小就学会了游泳，才幸免于难。然而因此也遭到了父亲的一顿训斥，并且禁止我再上树去玩，因此我再也吃不到那紫红的桑葚了。眼看着满树的桑葚由青变红，又由红变紫，馋得我直往肚里咽口水。最后，熟透的桑葚竟一颗颗掉到塘里去喂鱼了。所以我一直盼望着奶奶派我上树去给她摘桑叶喂蚕。

那时候隔壁奶奶每年都要利用这点桑叶养一小匾蚕，然后自己抽丝纺线织衣。听隔壁奶奶说，要攒够一件衣服的丝线，要养好几年的蚕。隔壁奶奶年老，手脚不便，这摘桑叶的活就由别人代劳，我也是其中之一，我乐意帮隔壁奶奶上树去摘桑叶，因为顺便可以摘些桑葚来吃而不致遭父亲的训斥，只是每次隔壁奶奶都嘱咐我要小心。

后来，也不知什么原因，这棵很大很大的桑树被人砍掉了，也许是隔壁奶奶去世后没有人再养蚕的缘故吧。但那棵柳树还孤零零地留在水塘边，看上去像个已到了风烛残年的老人，有些凄凉。

现在，家乡人养蚕，种的都是经过嫁接过的桑树，不高，但叶片大，站在地上就能摘到桑叶和桑葚。一到春天，满山遍野的桑树在春风里翻着绿浪，真是"桑之未落，其叶沃若"。在这个季节里，采桑姑娘穿行于桑林间，笑声响彻整片桑园，桑葚的红汁也染红了姑娘的唇。

又是一年春来到。不知今年家乡的蚕事如何？桑葚红未？直到现在，我都会情不自禁地怀念起家门前水塘边的那棵大桑树，特别是那满树红红的甜甜的桑葚。

野山果

在我的家乡，一年四季都可以吃到不同的野山果，比如野山楂、乌饭子、野毛桃、野山李、野柿子、野猕猴桃，还有野草莓和刺莓等，真是应有尽有。

野山楂有红色的灯笼楂、黄色的糯米楂等不同品种。灯笼楂吃起来又甜又粉，而糯米楂吃起来则甜中略带酸味。野山楂是一种消食力很强的野果，如果吃了不易消化的食物，只要吃一点野山楂，就可以帮助消化。要是进入深山，千万不可被它所诱惑以致多吃，否则，越吃肚子越饿，直饿得你连下山的力气都没有。

乌饭子是一种小小的圆果，成熟的乌饭子呈紫色，吃多了嘴唇会被染成乌紫。

我最爱吃的还是野草莓和刺莓。

野草莓也有许多不同品种，但我觉得比真草莓的味道要好。有一种叫火熄莓的野草莓，它成熟时，天气还是乍暖还寒的，有些人还在烘火熄取暖，因此而得名。火熄莓在我们家乡最多，溪边、路旁、大小山坡上，随处都可以采摘到。摘一颗放在嘴里，咬上一口，红红的汁水满口皆是，甜津津的，味道实在不差。火

　　熄莓的特点是分批成熟，可以随熟随吃。在同一株上，有的已红得像灯笼，有的还是小小的青果，有的甚至还正开着白花。

　　可能是承高山雨露滋润的缘故吧，生长于高山的牛奶莓味道特别好，每年秋天，我们上山采橡子，正是牛奶莓成熟的时候，我们可以尽情地享用一番。

　　还有一种冬刺莓，可能是一年中成熟最迟的野果吧，最惹人眼馋。成熟时好像葡萄一样，一串一串地挂满树枝，又好像杨梅一样，红红的，晶莹透亮，其味又甜又酸。

　　爷爷曾对我说："你可别小看山里的那些野果，在兵荒马乱的年代，它们曾不止一次地救过村里许多人的命。"

仙人掌

　　前年冬天，有一学生来看我，特意送了我一株水仙，我把它随意地养在一只搪瓷碗里。不久寒假开始了，我也回家过年去了。等到第二年重返学校时，碗里的水已经干涸，水中仙子也早已命归黄泉了，枯萎的茎秆上还结着几朵花呢。可叹它未遇知音！

　　去年春天，我的一位在茶场工作的朋友送给我一株茉莉花，我也随意地把它种在阳台上的一只破脸盆里。这一次，我不敢再偷懒，施肥松土浇水一样未曾怠慢。这花也不辜负我的勤苦，几个月后就开出了洁白芳香的花来了。晚上，我把它捧进室内，让浓郁的芳香充彻我的书房，伴我读书写字，伴我入眠；白天，我又把它捧到阳台上去沐浴阳光。那段时间，我真的很勤快。可等到暑假来临，我又置它于不顾，弃之而走了。这茉莉花在炽热的七月也一命呜呼了。

　　两次养花的失败皆因我太懒散，不懂得怜花惜草，说来是很惭愧的。

　　从此后，我有好长一段时间没养过花草了。

后来，我换了住处。原来的几只旧花盆统统留给了新主人。

迁到新的地方，阳台上空荡荡的，我再也无心置盆种花了。我在阳台上放置了一盆清水和一支毛笔，每有空暇，就以水代墨在阳台的栏杆上练字。阳台虽小，但足可以让我在这里纵横驰骋，阳台成了我的写字台。

我的楼上住着一位老先生，喜欢莳花弄草。一天傍晚，老先生在修整花木时，不小心，把一瓣仙人掌掉到我的阳台上来了。当时，我没有在意，一连好几天我都没有去理它。

大约过了两三个星期，我突然发现那瓣仙人掌抬起了头，并且还长出了两个嫩芽。在无水无土的环境里，它居然有如此旺盛的生命力，真让我惊叹不已。似乎是出于这种惊叹，抑或是敬仰，我倒掉了那盆清水，到楼下装上泥土，把那已经半枯然而又顽强不屈的仙人掌移栽到盆子里。仙人掌如鱼得水，越发长得旺盛起来，只几个月时间，就长出了几瓣新掌，而且每一瓣都长得那么鲜活，那么绿，连掌上的针刺也生趣盎然。真是有意栽花花不开，无心插柳柳成荫。

今年暑假，我照样把这盆仙人掌弃置在阳台上，但是它历经两个多月烈日的炙烤也未曾萎蔫，反而长得更高更大了。仙人掌不需要多少水和肥料，它只需那么一抔小小的泥土就够了，它不以花的妖艳和身姿的柔美来邀宠于主人。我喜欢上仙人掌是因为它不养尊处优，也绝不阿谀谄媚，它只是那么平平淡淡实实在在地活着。

青青的菜地

　　二十多年前我在一所山村小学教书。学校在一山坡下，这里虽说不上地广，但周围的荒地却有不少。学校远离村庄，每天放学之后，就只剩下我和一位老工友痴痴地守着这所小学校。有时几只晚归的鸟儿路过这里，倒能给这个寂静的校园增添些许生气。但同时也在我的心里撩起了缕缕想家的情绪。

　　老工友喜欢喝两盅，二两白干下肚，他就从墙上取下那把破旧的二胡，咿咿呀呀地拉一些听不大懂的曲调。我现在之所以会喝几口酒，也就是那时跟着这位老工友学起来的。那时，我们的下酒菜十有八九是自己种的。老工友从自己的菜园里摘来各种蔬菜，炒好了就喊我去陪他喝两盅。时间一久，我倒觉得这样挺有乐趣的，原来的那种寂寞、孤独、苦闷的感觉也随之烟消云散了。

　　除了喝酒，我也学着老工友种起菜来。我在学校旁边开出了一小块地。经过几个傍晚的深挖、整畦，这块地被我弄得有点像样了。地整好了，种什么菜呢？老工友告诉我，种小白菜比较麻烦，得天天浇水；种茄子、辣椒可能省事些。于是我就从附近的农民家里讨了一些辣椒秧、茄子秧等把它们分别种在我新开的地里，然后我又在地边地角点了几颗豆子。

我像侍弄自己的孩子一样小心仔细地侍弄着这些茄子辣椒，这些东西倒也争气，没多久，它们就开始抽枝开花了，直把这块菜地闹得一派盎然生机。每天早上、课间和放学之后，我都要往我的菜地里跑。菜地里每天都有变化。每当我看着自己栽种的菜秧茁壮成长，心底的高兴劲就像我的学生获了奖凯旋一样。

后来，有几株辣椒变得有点萎靡不振，眼看它们行将夭折，我的心里不知有多难受，但我又无计可施。我只好去请教老工友。老工友过来给我诊断，说是我太勤劳了。辣椒这东西是很贱的，不好给它多浇水施肥，不好经常去松土，只需给它们铺层草就行了——种菜的学问还真不少啊！——我照着老工友的话办，果然，这些宝贝们又恢复了元气，开始结果了。

有一天，我就从菜地摘来十几个新结的大青椒和茄子，做了盘油焖青椒和一盘酱爆茄子，然后又到村里的代销店打来一斤五加皮，邀来老工友一同品尝我的劳动果实。我觉得这两道菜是我今生吃到过的最好吃的菜！这天晚上，我在老工友的教导下学会了拉《我爱北京天安门》。

菜地里的收获越来越多，我自己吃不完了，就送人。后来有人建议我晒红辣椒，于是，这一年的秋天我就收获了好几串红辣椒。

菜地里的青豆在我不经意的时候早已鼓起了大肚子。青豆炒青椒又是一道可口的菜。我整整吃了一个星期也吃不厌。后来我离开了这所小学，这块菜地也转让给了那位老工友，直到现在，我还一直惦念着它，还有那位老工友，不知他现在可好！

想起麻雀

我忽然想起麻雀来。

当我想起麻雀的时候，我的窗前的屋檐下，还有远处田野上和树林里已看不到麻雀了。而在以前，麻雀是很多的。

记得在我的童年和少年时代，麻雀曾被列为"四害"之一，从而遭受了很长一段时间的围剿，我也曾经参加过这种围剿。特别是在春天，农民们的谷种一播下去，麻雀们就开始忙碌起来了。它们往往几十只上百只一群，从这丘田飞到那丘田，鬼子扫荡般哄抢田里的谷种，弄得我们顾此失彼。

我们发明了一种极为简易的赶麻雀的方法——用稻草绳或棕榈叶连成网状，天罗地网般架设在秧田之上，并且在网上挂一些布条纸条之类的东西，然后拉一根绳子到事先搭在田埂上的草棚里。若有麻雀下田来啄食谷种，只要轻轻一扯绳子，网上的布条纸条就会晃动起来，麻雀被这看似四面楚歌的布条纸条吓得惊慌失措，四散而逃。当然也有上了几次当而胆子变大的麻雀后来就不吃我们这一套了。那时我手中的弹弓就又有了用武之地，我的一流的射击水平就是那时候训练出来的。

　　夏日的晚上是捉麻雀的最好时候，只要架一个梯子，轻轻靠近墙洞，然后用一只网袋遮住洞口，再用手掌用力拍打墙壁，惊恐的麻雀就会自投罗网。

　　许多年后，因忙于工作，关于赶麻雀、捉麻雀的一些趣事也随着时间的流逝而渐渐淡去，我似乎已有好多年没见过麻雀了。

　　在灭"四害"的时候，麻雀非但灭不掉，而且越灭越多，大有成灾之势，然而为什么在人们逐渐忘记麻雀的时候，它却越来越少，难觅踪迹了呢？

在列车上

　　人在旅途，不免有寂寞孤独的时候。所以，我每次外出，身边必备一副袖珍式磁盘象棋，闲来也可借此解闷。

　　那天出差，我坐在火车上看窗外的风景。看腻了，便取出棋盘来玩。我玩的是一局新近看来的残局。不到三分钟，坐在对面的一位五十开外的老者放下手中的报纸，也凑了过来，他紧盯着棋盘，看我玩棋。起初，他还能做到"观棋不语"，到后来，大概也熬不住了，竟开始动起口甚至动起手来。我见他有兴趣，便收了残局，建议正儿八经地来一盘。那老者也不客气，捋了捋衣袖，说声"讨教"，便厮杀开了。

　　我偷眼瞧了瞧这位老者，但见他有点秃顶，眼睑略带浮肿，但脸色尚红润。身穿一件银灰色中山装，上衣口袋还别着一支钢笔，看来像个文化人。他棋艺不错，几个回合下来，他已杀了我一炮一马三只卒，而自己只损失了一兵一马，这时坐在我身边的一位戴眼镜的小青年，也放下手中的一本书前来助阵。在他的参谋下，我仅剩的两只卒在车的掩护下直闯敌阵，我的形势迅速好转，连续数道防线被我突破。最后，两只卒子竟稳稳地并立在

"楚河"的对岸，形成了一道天然屏障，压住了对方的士气，为我车、马、炮的联合进攻创造了良好的条件，并很快地攻破了敌方的士象阵，直捣帅府。战局的转变急坏了老者身边的一位中年人——他的瞌睡虫已不知什么时候飞走了。他也投入到这场本来与他无关的厮杀中来，并且也来指手画脚，一局本来属于两人游戏的象棋，竟成了四人"双打"。而当"双打"进入白热化程度时，邻坐又过来了几个观战者，其中有一长发瘦脸的年轻人站到我一边，不征求我的意见就来动我的棋子。但见他虚晃一枪，然后马卧槽，炮殿后，很快把对方的帅逼上了死路。可那老者也不示弱，把仅剩的一车垫到我的马腹之下，压死了马脚。车虽然被我打掉了，但对方的几只兵早已紧逼我的城下，虎视我的将府，情况紧急。我只好班师回城保驾。

拉锯战持续了很久，双方的伤亡都很惨重，最后各剩一只兵（卒），因此握手言和。这时，那老者一拍大腿，大喊一声："糟了！我坐过头了！"于是拎起行李，离座而起，大喊"停车"，慌乱之中，把一只玻璃茶杯也掀翻了。与此同时，刚才参战、观战的几位仁兄仁弟也都大喊"糟糕"，不停地喊"停车"——他们已忘记了是在火车上，哪能说停就停？只好再坐一站冤枉车了。

一场棋竟误了这么多人的大事，真是罪过！

几天后，我办完事乘火车返回。说来也真是够巧的，那老者也同乘这趟车返回，双方在过道里相遇，一阵惊喜之后竟忘了冲开水，端着一只空玻璃茶杯随我到座位上又摆开了棋盘。

自然，我们的对弈又引来了好多的观战者。真是"人生何处不相逢，相逢何必曾相识"！

淘旧书

喜欢书，而因囊中羞涩，我只得去淘旧书。

前不久结识了一位收废纸的，从他那儿我意外地淘到了好些旧书，其价格之便宜，不禁让人兴奋得觉都睡不着。

那是个阳光明媚的下午，我见一收废纸的拉着一车旧书报杂志，估计里面可能有宝，便尾随其后。见他吃力地拉着车，就主动上前帮忙推。这一推，推近了我们的距离，我们便开始交谈起来。

来到他的"仓库"——一间租来的地下室，我又帮他卸货，趁机看看是否真的有好货。果然，这一车有好几包好东西。有1993年、1994年两年齐全的《文史知识》杂志，有《收获》《中篇小说选刊》和其他杂志若干。我惊喜得心头微微颤抖。

"把这两捆书卖给我，十元，怎样？"

他一愣，"别开玩笑。这两捆东西顶多四五斤，五块钱都不值的"。

"十元，给我。"我掏出一张十元币塞给他，拎起书要走，他一把拉住我，要找钱："这样不好的，我不能赚得太多。"

"别找啦，我下次再来不行吗？"

旧杂志拎回家后，我急不可待地翻阅起来。

时隔一个多月，我又在街上碰到他，他告诉我最近又有一批货我肯定喜欢，于是我屁颠屁颠跟着他去了。

这次的收获更丰，有郑振铎编的旧版《中国俗文学史》，有朱光潜的《西方美学史》，有岳麓书社的《曾国藩全集》日记一、二，家书一、二，《经史百家杂钞》上下，还有很多旧杂志。这么多书他只要了我三十一元钱，说是按书的定价给的。

我乐得不知所措，找来一只旧编织袋，装起来就往家里背。我想，那时我走在街上的形象一定还不如一个捡破烂的，可又有谁知道我背着的是一袋"宝"呢？

书瘾

　　世上有酒瘾、烟瘾、茶瘾，也有赌瘾甚至色瘾，而我独独染上了书瘾。

　　小时候听样板戏入了迷，看到货郎担上有《红灯记》小人书，便死磨硬缠，向母亲讨钱买书，无奈母亲翻遍口袋也只有一角二分钱，不够买半本书，只好眼睁睁地看着货郎把我心爱的书越挑越远。

　　读初中时偶然从同学处借得一本《高玉宝》，便看得泪眼婆娑，于是积攒了一点钱，跑到城里的新华书店买了一本，翻来覆去读了好几遍——这是我拥有的第一本我自己的课外书。从此，读书、买书上了瘾。那时读的是《闪闪的红星》《小兵张嘎》《鸡毛信》之类。

　　参加工作后有了自己的钱，买书有了主动权，便有点肆无忌惮了。记得我第一次拿到工资时正好遇上"大毒草"开禁。兴冲冲揣了所发全部工资往书店跑，抱回来一大堆"精神食粮"后，那个月的"物质食粮"就成了问题，只好厚着脸皮向父母再伸一次手。

后来进省城进修。省城的书店毕竟不一般，好书新书触目皆是，拿起这本觉得很好，捧起那本也觉得不错，往往是鱼和熊掌兼而得之，最后只好委屈了肚子。

有一次，在湖滨的现代书屋看到一套心仪已久的《沈从文文集》，定价101元。当时正逢月底，单位寄来的工资仅剩80余元，扣除生活费用，肯定买不来这套文集，只好央求店主暂为留存，待凑足钱后再买。当时约定10天为限。这10天当中，我天天骑车去现代书屋，好像去看我寄养在别人家里的孩子一样。

当我如愿捧回十大本文集后，曾下决心暂时戒一戒买书瘾，谁想第三天，逛书店的瘾又上来了，并且在延安路古籍书店相中了一套《李渔全集》。这套书贵得更加吓人：大洋400元！割舍吧，舍不得，买吧，刚买过一套《沈从文文集》，现在又要花这么多钱，我不喝两个月的西北风才怪呢。说来也巧，正在这时，原单位给我寄来了半年的"增收节支奖"，加上最近得的几十元稿费，两下一凑，居然又如愿了。

现在我拥有上千册书。眼下住房困难，原有的书都打包睡在床底，倘若再往家里添书，势必"雪上加霜"，说不定哪天真的要书满为患了。

工薪阶层收入毕竟有限，现在书价又高，妻曾委婉地对我说：等到以后有了书房，你再去买书吧，趁现在把那些旧书再重新温习一遍岂不更好？我虽然颔首，但当一本好书在书店露面，又禁不住要掏腰包。

灯下的母亲

在外多年，虽然经常回家看看，但总觉得很不够，因为母亲越来越老了，陪伴她的时间肯定是越来越少了。

今年春天，我与妻儿一起回家看母亲。

晚上，妻儿在蛙鸣中睡着了，而我却望着母亲房间里亮着的灯光，辗转难眠。我披衣下床，轻轻地穿过厅堂，走到母亲房门前。推门进去，见母亲还坐在灯下做针线。灯光下，母亲缝得那样认真，连我的脚步声她都没听到。

一头银发下架着一副老花镜，银针在她手中上挑下穿。这情形我太熟悉了。

我们兄弟姐妹多，母亲拉扯我们一个个长大成人，实在不容易，不说别的，光穿这一点就够她劳神了。衣服裤子都是老大穿了给老二，老二穿了给老三，接力棒似的往下传，传到我这个老幺，早已是补丁累累了。那时候，我总是相信母亲的一句话："这种衣服又牢又暖和。"母亲的针线活确实做得很好。我很为母亲的这种"拼花艺术"感到自豪。有一次，我的一位小伙伴看到我膝盖上的两块补得方方正正的补丁羡慕不已，回去后就不肯穿他妈补歪了的裤子了。

白天，母亲和男子汉们一样上山下地劳作，只有等到晚上，全家人都睡下了，她才点上一盏煤油灯，坐在油灯下缝呀补呀忙个不停。为了不让灯光干扰我们的睡眠，她总把一件破衣服挂在我们床头。有好多次，我一觉醒来，还看到她坐在昏黄的灯下。灯光照亮了她的头发，好像镶了一道光亮的金边。母亲就在我们的沉睡中熬过了一夜又一夜，直到听到第一声鸡鸣，她才和衣躺下。第二天早上，她一定比我们起得早，烧好早饭才叫醒我们。每天早上，我从她的脸上看到的是一双布满血丝的眼睛和额前几缕烧焦了的头发。

稍稍懂事后，我老埋怨母亲偏心眼，尽给哥、姐做新衣服，给我穿破的。母亲从来不和我多理论，但见她背转身去，发一声长长的叹息。

母亲已把她对子女全部的爱，一针针一线线地缝在我们的身上，把她整个心都倾注到手中的那根针上，历经多少个冬夏春秋，她的头发全白了。我恨那灯光，一定是那彻夜的灯光把母亲的头发"晒"白的。待到我们长大后，母亲手中的那根针又给她的孙辈们缝制了不少穿戴。

前年冬天，我女儿出生，母亲熬了好几个夜晚，给我女儿缝制了一件娃娃衣。母亲已看不清针眼，线都是大侄女给代穿的。看着那细细的针脚，挑灯夜缝的母亲形象又一次在我眼前浮现。

几年来，我都是来去匆匆地回家走一走，没有注意到母亲在迅速衰老下去。这次全家回来小住，又把她老人家高兴得什么似的，一整天忙里忙外，连和我说话的时间几乎都没有。

现在，我站在房门口看着母亲，电灯光映照在她雪白的头发上和那弯弓一样的背脊上，我的眼眶湿润了。

"妈……"

母亲抬起头，摘下老花眼镜："怎么还不睡?"母亲笑容满面。

"妈，你……"

"白天我就看到你的西装上掉了颗纽扣，你看，我刚钉好，拿去吧，快去睡，啊——"

在我走出母亲房间，顺手去关门的时候，我看到母亲又拿起一件什么来缝着。我的泪又一次夺眶而出……

父亲与烟

父亲不到二十岁就开始抽烟了。因为这，不知挨了爷爷多少次的骂，后来看看已无多大希望，爷爷垂下头摇了又摇，叹一声"不可救药"，也就听之任之了。

父亲有一帮小哥儿们，个个都是"小烟鬼"，近墨岂能不黑？

在我的记忆中，父亲的屁股上总挂着一杆竹烟筒和一只黑得发亮的小烟袋。每次收工回家，父亲都要坐在门槛上"吱啦吱啦"抽个够才上桌吃饭。为此，母亲不止一次地嗔道："你抽烟当饭算了。"父亲只是嘿嘿嘿地笑笑。

父亲抽烟很有一手，自始至终只点一次火，抽完一筒，把烟火吹出放在手掌上，然后再把它重新按到新装的烟上接着抽。这样既省烟叶又省火柴。那时，我真怀疑父亲的手是铁做的。

在荒年，烟叶也荒。全家人为缺少填肚皮的而担忧，父亲比我们更多一层愁云，他犯烟瘾了。听说桐子叶可当烟叶抽，父亲就把这些东西往家里搬。那段时间，父亲呛痛了肺，全家人呛红了眼。家人群起而攻之，父亲只好躲到厕所去过他的烟瘾。真正应了祖父的那句"不可救药"的话。

那年月，房前屋后的果树都被当作"资本主义尾巴"统统给割了，父亲却偷偷地爬到后山开挖了一块山地种烟叶，居然收成不错，除了供自己过足瘾外，还可匀出一些来换油盐。这一招得到了祖父的支持。但为了掩人耳目，一切都是偷偷地进行的。第二年，父亲扩大了种植面积，而村里那个主管割"尾巴"的干部当然得了父亲的许多好处，父亲让他尽管闭上眼睛抽白烟，因为那个干部也是个烟鬼，父亲对症下药，把他拉下了水，更何况在"尾巴"的项目里根本就没有烟叶这一项，万一上面查下来，也可凭此抵赖一番——父亲对那位干部这样说。

俗话说"树大招风""没有不透风的墙"，公社里接到不知哪个人的告密，派了一个工作组进驻到我们村里，首先把那干部狠批了一通，然后把父亲的烟叶拔了个精光，还把我父亲连同那干部一起发配到水库工地做义工，接受劳动改造。

在工地上，父亲被剥夺了抽烟的权利（其实也没有烟抽），整天萎靡不振。监管人员以为父亲偷懒，不虚心接受改造，于是延长了"劳改"的时间。

自工地回来，父亲的烟瘾没了。三十年的烟瘾一朝戒去，父亲好像换了个人，脸色红润了，干活的劲儿也大了。母亲戏言："还好到工地上'劳改'了几天。"

农村政策宽松后，父亲又在琢磨着搞开发性生产。想来想去，父亲觉得还是干老本行顺手，于是又开始种烟叶。

第一年就大获丰收，父亲满以为这下可以发一次财了，可是，人们的生活水平一提高，又有谁再去抽那又冲又呛的土烟丝呢？

面对着几百斤干烟叶，父亲一筹莫展，最后一把火把它们烧了个精光，那时，有"烟祭"一词闪现到我的心头。

父亲终于完全彻底地告别了他的烟。

我的大姐

大姐比我大十岁，从小我就喜欢跟着大姐。可以这么说，我是大姐带大的。

母亲生我妹妹的时候，照顾我的任务就自然而然地落到了我大姐的肩上。大姐用一条又宽又粗的绑带把我绑在背上。上山割草时背着我，提水做饭时背着我，喂鸡喂猪时背着我，给妹妹洗尿布时仍然背着我。到了晚上，大姐一边哼着歌谣一边轻轻地拍着我睡觉。这样的日子一直持续到大姐出嫁。

大姐是村里有名的采茶能手，和她差不多大的姑娘没有一个是她的对手。她不仅采得快，而且茶叶也炒得好。大集体的时候，生产队里都是白天采茶叶，晚上炒茶叶的。大姐总是白天晚上连着干。白天我跟大姐上山，晚上又跟着大姐到生产队的茶场去玩，玩着玩着我就沉沉地睡在茶场的草堆里，而第二天早上大姐叫醒我时，我却已经睡在了自己的床上。

大姐很聪明，直到现在，她还能一字不漏地背出当年她在扫盲班里学过的课文内容。要不是家里太穷，大姐准能上大学。其实大姐不能上学，很大的原因还是受我的牵累。就连她上夜校扫盲班的那阵子，每天晚上还背着我来来去去。

书念不成了，大姐就在家里学绣花。她绣的花全村第一。姑娘出嫁要绣花枕头，老太太编麦秆扇要扇芯，都会请大姐帮忙。大姐给自己绣的花更是漂亮至极，家里的绣品琳琅满目。现在，我还能找出几件当年大姐的杰作。我读小学、中学时用的那只帆布书包上的荷花，就是大姐在出嫁前给我留下的纪念品，我一直珍藏着。

记得大姐出嫁的那一天，天下着大雪，接亲的鞭炮响个不停，母亲拉住大姐的手哭了，而大姐却抱住我的头泪流满面。大姐对我说："你长大了，以后大姐再也不能带你了，你要好好读书，不要像大姐一样做个睁眼瞎……大姐会时常回来看你的……"说着大姐把一只绣有荷花的蓝色帆布书包挂在我的脖子上。大姐还和我讲了许多许多的话，现在我只记得当时大姐的眼睛是又红又肿的。

第二年秋天，我背着大姐送给我的书包上学了。几乎每天，只要我触摸到这只书包，我就会想起我那慈母般的大姐。

后来，大姐终究很少回来看我，我们姐弟终究聚少离多，但我深爱着我的大姐。

老根痛打"乌鸦嘴"

老根是个标准的农人，犁、耕、耙、耖样样精通。在农村，像老根这样全面发展的"人才"委实不多，凭这一点，老根娶到了本村最漂亮也最贤惠的一位姑娘做了自己的老婆。

老根始终认为，当农民就得精通犁、耕、耙、耖，否则就不是一个好农民，也就娶不到一位好老婆。他的这个观点不知跟儿子小林说过多少次了，可儿子总是不置可否。

儿子小林高考失利那年，老根硬是撵着儿子去扶犁，就和当年他训练生产队里的小牛犊一样，一不如意，屁股后面就是一竹丝乌。小林一气之下，丢下犁，跑到公社里去跟人学开拖拉机。小林开着拖拉机回来犁田，半天下来就犁出一大片，而老根仍是赶着牛，在那丘田里兜圈圈。队长让他歇会儿，剩下的让小林来犁算了。老根恨恨地说："那东西犁出来的田泥块硬，哪有牛犁的好？"

农闲季节，老根把所有农具都拆洗一遍，然后用稻草包好，郑重地放到楼上去。而小林则喜欢上了无线电。他不知从哪里弄来那么多的书和材料，整天躲在楼上折腾，任老根如何骂他没出息，他就是不理睬。

一天夜里，小根自己组装的收音机发出了声音，喜得他在楼上手舞足蹈，把楼下睡梦中的老根夫妇吓得夺门而出，站在门口的晒谷场上大骂儿子。小林则嬉皮笑脸地说："老爹老妈别生气，这个就叫收音机，每天犁田回到家，天天可听样板戏。"弄得老两口哭笑不得。

小林把这台土收音机放在堂前的搁几上，每天干活回到家，第一件事就是打开收音机。老根也从收音机里学到了不少样板戏唱段。尽管他时不时哼上一两句"临行喝妈一碗酒"或"刁德一，搞的什么鬼花样"，但对儿子"不务正业"的行径始终不以为然。

那是一个天朗气清的早晨，老根好像听到儿子的收音机里说："今天午后有雷阵雨。"可老根不相信："它怎么会知道天会下雨？"他还是把三担稻谷挑到门口的晒谷场上去晒，然后，夫妻俩带上中饭，就到山上去干活了。

下午，老天突然黑了下来，接着就是一阵暴雨倾盆而下。待老根夫妇急匆匆赶回家，三担稻谷被雨水冲走了一大半。老根气呼呼地边扫湿稻谷，边骂老天爷，还骂儿子不好好在家学习犁、耕、耙、耖，去县城学什么无线电修理。老根越骂越气，等到把湿稻谷收回家，一眼瞥见堂前搁几上的那只收音机，气更不打一处来。他随手抓过一把锄头，狠狠地朝收音机砸了过去："我让你这乌鸦嘴乱说！"没等老根老婆上前阻拦，收音机已被砸得粉身碎骨，同时，搁几上也留下了一个大大的窟窿。

棋痴老张

老张退休前就爱象棋。

老张退休后仍爱象棋，只是现在的人业余时间都去搓麻将、打红五了，没人跟老张下象棋了。老张就显得特别的无聊。

老张先是经常光顾昔日的一些棋友家，希望能与他们杀个一盘半局过过瘾；后来就打电话邀请他们上门来，说好管一餐中饭；再后来，老张就天天站在门前，看有没有棋友路过。有很长一段时间，老张实在找不到一个人与他下棋，只好独自一人在自家摆开战局，左手执红子，右手执黑子地杀了起来。老婆见状，戏谑道："你还是把这副棋子熬成汤喝了算了。"老张却道："你妇道人家知道个屁。这象棋可是我们的国粹，你知道这里面包含着多少深刻的学问？你知道这里面深藏着多少奥妙的玄机？你知道这里面蕴含着多少人生哲理……""我只知道象棋不能当饭吃!"老张老婆接口道。老张无奈，只好收起棋子，跑到街上去摆。

老张在街上摆了好多天的棋摊，仍然没人与他下。不是街上没人，而是大家都知道老张是个拒赌于千里之外的人，怎么现在却干起了这等勾当来啦？人们有些不解。终于有一天，老张昔日的一位棋友遇见了在街上摆棋摊的老张。棋友惊讶道："哎呀呀老张啊老张，你不要一世清名毁于一旦呵！要赌也不能用这种方式赌啊，现在麻将馆、红五室多的是，随便找一个地方玩去。"

老张无奈，只好收起棋摊回到自己的家，仍旧左手红子右手黑子地杀将起来。

不想第二天，那位在街上数落老张的棋友终于光临了老张的家，说是陪老张杀个痛快，省得他再去街上自毁名声。

这一天，两人你攻我守，难分胜负，直到中午，也不肯罢休。老张老婆做好中饭，喊了他们好多次，仍不见他们歇手。于是怒气冲冲地走过来，大声说："你俩到底是吃还是不吃呀？"老张气呼呼地说："怎么吃？你没看见对面那只炮看着的吗？你吃了，他不一炮轰了你才怪！"老张老婆伸手一把夺过棋盘，把所有棋子都泼到门外去："我让你去吃。"

观棋

老冯爱观棋却从不下棋，他也知道"观棋不语真君子"的古训，但是，他就是做不到不语，而且还要动手。每逢有人对弈，不管熟识与否，他都要驻足观望。初时倒也颇守君子之道，一声不吭。当观到着迷处，他的嘴就有点闲不住了，每遭旁人非议，他还要强辩君子动口不动手，——仍以君子自居！随着棋盘上战况的发展、深入，进入白热化程度，老冯再也顾不上君子不君子了，他会擅自拿起一方的棋子去将另一方的军。于是，有人说老冯的观棋是一首三部曲：沉默、动口、动手。

有一次，老冯的妻子叫老冯去村加工厂碾米，妻子在家里等米下锅。老冯把米碾好后，挑到半路，见一户人家堂前八仙桌上有两位老者（两亲家）在下棋。老冯歇下米担，走进门去，也不客气，公然在堂上坐下，俨然主人一个。可看着看着，老冯就憋不住了，又是动口，又是动手，最后，弄得这两位老者甚为不快。主人当然不好意思骂老冯，客人更是不好意思说老冯。一盘棋就这样在三个人的共同努力下终于不欢而散。老冯才想起应该把米挑回去让妻子做晚饭。走到门口，只见十多只鸡正在米箩里争食，鸡屎、鸡毛弄得满箩都是，狼藉一片，回家后挨了妻子狠狠一顿臭骂，但老冯并不后悔。

又一次，老冯在山上铲豆，地旁的一块大石头上有两牧童在玩一种叫"和尚挑水"的游戏，老冯歇了自己的活，也去凑热闹，又因多手多舌，被这两个牧童狠狠地抽了几牧鞭。老冯的脸上至今还留有一道若隐若现的鞭痕。

老冯在观棋时对弱者往往深表同情，时常对将败者给予援助。一次在县城的一条小弄堂口，有一专以象棋残局骗人钱财的人正在与小青年赌局，可巧，老冯对这一残局颇有研究，深谙棋中奥秘。他发现那小青年的棋子正逐渐陷入对方的圈套，立即挺身而出，夺过小青年手中的棋子，狠狠地将了摊主一军，这一将不要紧，真可谓是挽狂澜于既倒，扶大厦于将倾，致使摊土兵败垓下。摊主怎肯善罢甘休？最后竟唆使同伙把老冯揍了个鼻青眼肿。回家后，妻子知道他又去多管闲事了，心里虽是肉痛，但嘴里却说"打得好……"

老冯因观棋而吃亏之事屡有发生，但他毫无悔过之心，仍然是有弈必观，既观之则语之，既语之而后动之。

那次村团支部为丰富青年生活，特举行了一次象棋赛，老冯不邀而至。在一次半决赛中，有两位青年真是棋逢敌手，难分上下。老冯看得心急火燎，恨不得亲自上场，杀个痛快。这时，一方的一只车被困在马口炮眼，眼看在劫难逃，老冯又气又急，竟伸手抢过这只车来一定要悔棋，后来竟携车而逃，弄得比赛无法进行下去。

老冯的这种习性陪伴了他一生。

小脚阿婆

　　小脚阿婆嫁到我们村的那天，正好有一小股土匪也进了村，虽没有人员伤亡，但损失了几头过年猪，于是就有人说，小脚阿婆是扫帚星。一连好多年，小脚阿婆走到哪里，那里的人就自动散去，谁都不愿与她为伍，生怕沾染晦气。渐渐地，小脚阿婆也习惯了独处。

　　小脚阿婆要生孩子了，她男人请了几个接生婆，不是说忙，就是说身体不好，不肯来接。小脚阿婆只好叫她的男人抓住孩子往外扯。十多年下来，居然给扯出了九个女儿和两个儿子，而且一个比一个健壮，没出过半点差错。当然，让男人扯孩子的事，是对外保密的，大家都以为是小脚阿婆自己的能耐。

　　在我们那个十分闭塞的小山村，人们一直认为，一个会生孩子的女人是个好女人。一辈子生了十一个孩子的小脚阿婆当然成了女人中的英雄。就连那些上了年纪的老头老太，也对小脚阿婆刮目相看，主动和她接近。小脚阿婆终于找到了被人尊重的感觉，她开始昂起头走路。她一昂头，加上她那双小脚，走起路来，特像时装模特儿。人到中年的小脚阿婆一时成了村里的美人。那几个脸皮厚的男人，老是没话找话地去和小脚阿婆说话：

"你的小脚真好看嗳！"

"你是怎么生出那么多孩子的？"

小脚阿婆听了，只是轻轻地说一句："去问你娘吧！"

村里有个木匠，年近四十才娶妻，妻子也是三十出头的老姑娘。一年后，老姑娘怀胎十月。临盆时，发现倒生，接生婆也无可奈何，交代一句，送医院吧，拍拍屁股走了。木匠急得什么似的。送医院，有四十多里路呢，哪里来得及？而女人的惨叫声更是揪人心。情急之下，木匠想起了小脚阿婆，于是飞奔前往求救。

"阿婆，你快想想办法吧，我求你了。"

"我也没有办法呀。"

"你不是会扯吗？那么多的孩子你都给扯出来了，你就快给扯一扯吧，阿婆。"

"那不是我扯的，那是我男人扯的。"

"那就快叫你男人来扯吧。"

"我男人怎能给你女人扯孩子？"

"人命关天，还管那许多干啥？"

"你不管我可是要管的。"

木匠不管小脚阿婆同不同意，尽自跑去，把小脚阿婆的男人给拽来，拼命往他女人床前推。小脚阿婆迅速从墙上摘下一块围裙布，包住男人的双眼。

几分钟后，只听"哇"的一声啼哭，孩子降生了，母子平安。

等木匠回过头来谢小脚阿婆和她的男人时，早已不见了人影。

阿菊

　　阿菊和他是隔壁邻居。两家的院子仅一墙之隔，院墙的中段倒塌了一块，形成一个缺口。

　　他只要站在自家院子里叫一声"阿菊"，那个爱用菊花插在发间的小姑娘便会"哎"的一声从自家门里蹦出来。随即，他会塞给她一把冬刺莓，她会塞给他一块煨番薯，然后各自吃了起来，然后又趴在院墙的缺口上，互相指着对方大笑；她说他嘴上长胡子，他说她嘴上涂胭脂。阿菊妈听了，在家里喊："快来抱弟弟。"阿菊不大愿意去抱弟弟，她喜欢跟哥哥玩。

　　他去上学了，阿菊因为要抱弟弟，不能去上学。等到弟弟上学了，阿菊又因为要拔猪草，喂猪，又不能去上学。

　　他每天放学回来，都要站在自家的院子里叫一声"阿菊"，阿菊就会很快跑过来，站在院墙缺口的那一边，听他讲一些学校里的新鲜事。那时，阿菊的脸艳如秋菊。

　　后来，他不再大声喊"阿菊"了，他已怕难为情了。但是每天上学去和放学回来，总要站在自家的院子里，透过院墙的缺口，看一看对面院子里的猪栏门，门里会准时地闪现出她逐渐成熟的脸，然而却是愈加憔悴的脸。

有人经常看见他俩出现在村口的田间，他帮她拔猪草；也有人经常看见村口井边他帮她提水。看见的事儿多了，说的人却少。

一个秋菊将开的季节，他接到了省城一所大学的入学通知书。临走时，他说："你等我。"她也说："别忘了我。"两人勾勾小手指头。

在省城，他想她，每当菊花开了的时候，他都摘一朵放在枕边。他给她写信时，信里也夹上一朵小小的菊花。他知道她不可能回信，因为她不会写字。

四年后，他重新回到了自己的家乡，当了"孩子王"。但她已远嫁他乡。听说她丈夫常年在外跑生意，一家子的生活过得挺红火。他为她祝福。

那一年秋天，也正好是菊花盛开的季节，他正在自己的院子里侍弄菊花，她家突然来了一个人，告诉她妈说，她昨天晚上死了。他隐隐约约听那人说：她丈夫回来，偶然在箱子里发现几封信，信里还有菊花云云。她丈夫怀疑她另有相好，于是追根究底到深夜。第二天，她就……

他的心好像被刀子捅了一样难受，手中的浇花桶也落了下来，正好打在一枝刚刚开放的菊花上，菊花被打折了。他的眼里似乎有泪。

他待了很久。对面院子里，她妈已泣不成声。她妈走过来，对他说："明天你去看看她，你们从小就很要好的。"是的，他们从小到大都是很要好的，只是……

第二天，第三天……他终于没有去……

朱老板

朱老板在没有成为老板之前是生产队的植保员。

那一年，因为本地钾氨磷紧张，朱老板就跑到江西去弄。结果弄到的全是些吃不死人的"假氨磷"，弄得朱老板血本无归。

朱老板在街头像无头苍蝇一样乱转，一转转到小猪市场，马上就有人上前向他推销小猪。朱老板灵光一闪，何不弄点小猪回去翻翻本？经过一番讨价还价，一大卡车的小猪就被朱老板拉到了景德镇。这时天已大黑，而且小猪也饿得嗷嗷叫。朱老板只好找了一家私人旅社住了下来。旅社老板娘双手叉腰说，人是十块钱一个晚上，小猪嘛……一块钱一晚好了。朱老板只好答应了下来。一车小猪被关进了旅社的地下室，朱老板住二楼。要吃晚饭了，老板娘又说，人五块钱一餐，猪五毛钱一餐。

朱老板自己吃过晚饭后，又到厨房去要猪食。当他提着猪食推开地下室的门时，小猪们一哄而上，把他的脚后跟当作了晚餐。

第二天，朱老板拉着一车小猪往回赶。由于天气炎热，小猪们在车上烦躁得乱窜。朱老板从路边的小溪里提来一桶水，兜头就往车里浇了下去。顿时，小猪们听话多了。朱老板吹着口哨开着车回到了浙江境内，盘算着如何用这车小猪去捞回他的血本。

在上方，朱老板果然找到了主儿。对方是个年近七旬的老头，说是养猪专业户。又是一番讨价还价后，一车小猪就变成了一沓钞票。一点，朱老板还赚了一票。

第二天一大早，朱老板的大门被人嘭嘭嘭地拍得山响，开门一看，是昨天的那个养猪专业户。只见他绷着一张死脸，既不进，也不出，两眼逼视着朱老板。朱老板心中有了底，但还是面带笑容地问，吃过了吗？吃过了，但是全吃死了！老人的两眼一眨也不眨，还是那么死盯着朱老板。

怎么会呢？

怎么不会呢？你的猪得的是瘟肠炎，要传染的，现在，我的另外四只大猪也快不行了。你看怎么办？

那我赔你。

你赔得起吗？

我姓朱的做事横是横竖是竖。别说几只猪，就是人，我也照样赔你。

那好，我来就是让你赔人的。

赔人？

赔人！我媳妇为了这批猪，一夜没睡觉，六个月的胎今天凌晨五点钟掉了，而且是个男的。我家三代单传，我就指望我媳妇给我生个白白胖胖的小孙子传香火。现在，你得赔我一个小孙子。

这时，朱老板已没了辙。只好认了。他把昨天的一沓钞票重新拿了出来，说，猪我赔你，人我是赔不出来的……

连七其人

连七是他的外号。

连七好划拳赌酒，而又不精于此道，总是输多赢少，甚至经常以零比七败给对手，"连七"的大号由此而来。

村里要装自来水，村长上上下下跑，最后在材料方面卡在了镇长的手上，全村在春节前喝上自来水就成了一句空话。

正巧，镇长今天要下来检查拥军优属情况，中午当然要就餐于村长家里，村长觉得这是个要材料的良机，千万不可失去。于是吩咐妻子买菜、打酒，专等镇长大人大驾光临。这镇长也是个划拳爱好者，且只赢不输，一输就发脾气，他曾喝遍全镇划遍全镇无敌手。这天光临村长家里，而村长又不胜酒力，更疏于划拳，自觉难博镇长一乐，正在无计可施之机，村长夫人提醒说："何不去叫连七来。"村长一拍大腿："行!"

村长找来连七，说明来意，连七点头："好说好说。"

连七与镇长拱了拱手，然后开拳："一鼎敬上。"双方伸着的大拇指顿时停在空中，几秒钟后又双双开怀大笑，镇长夸连七拳子好，连七说镇长是高手，大有他乡遇知音，相见恨晚之意。村长向连七耳语道："只准输不能赢，把镇长弄高兴来，不会吃亏你的。"连七点头。

开始时，连七屡战屡败，屡败屡战，镇长高兴了，出拳也马虎了许多。可是，连七酒后露了真相——其实连七的拳术相当高明，平时与人划拳输多赢少是为了过酒瘾，真所谓"拳输酒不输"。今天，他的酒也喝了不少，他忘记了村长的嘱咐，频频出怪招，弄得镇长大人节节败退，难以招架，这可是他自出任本镇镇长以来所未经历过的大辱。镇长在遭到惨败之后，遂恼羞成怒，也顾不得镇长的斯文了。他拍案而起，怒斥连七，也怒斥村长："划什么鸟拳，喝什么屁酒。"把杯盘一扫，朝着门外径自走去。村长一见大事不妙，连忙上前相劝。连七笑着说："镇长，拳输酒不输，拳输酒不输，来，我们干了这一碗再来。"说罢，连七捧起一碗酒，就往镇长的嘴边送。灌完之后，甩碗大笑而去。

村长被气得七窍生烟。他上前一把揪住连七后领："我问你要水管！我问你要水管！"

"水管?"连七被弄得莫名其妙。

"村里装自来水用的水管。这下，你把他得罪了，自来水还装个屁！"

村长都快哭出声了，连七也自觉闯下了大祸，羞愧地低下了头。

几天后，连七不知去向，有人说他去了县物资局，也有人说他到镇长家去了。

王老二

　　王老二自幼没了母亲，父亲是个阉猪的。他从小跟着父亲走村串户，吃百家饭长大。长大后的王老二，也从父亲那里学得一手阉猪手艺。父子俩的手艺远近闻名，生意自然不错，糊两张口绰绰有余。十多年下来，王老二已备足了娶媳妇的钱，可访遍四乡八邻，就是没人愿意嫁给他，原因很简单，说干这一行的不光名声不好听，而且不积阴德，将来要断子绝孙。

　　父亲老了以后，在家歇着，王老二就一人出去走村串户。路途近的早出晚归，路途远的要好几天才回家一次。

　　一个月明星稀的晚上，王老二吃过东家的晚饭，正急匆匆地往家里赶。走到村前的水塘边，只听水声哗哗。这么晚了，还有谁在洗澡？走近几步，借着月光，王老二看到了一个白晃晃的身子在水边动着。王老二"哎哼"了一声，以示打招呼。不料那白晃晃的身子竟扑通一声倒向水里，然后就劈啪劈啪拍起水来。王老二知道那水很深，而那白晃晃的身子不像在游泳，再说还是初夏五月的天气，是谁半夜三更的光着膀子来游泳？王老二赶紧跑上前去，伸出随身带着的雨伞："抓住，快抓住。"白身子不但没抓住，反而向水塘中央拍过去。王老二只好脱去外衣，跳入水中，把白身子捞了上来。

白身子一上岸，连忙抓起衣服，护住前胸，哭泣着往村口跑去。王老二这时才知道，原来她就是村口的寡妇李二嫂。

李二嫂前年死了男人，带着一个三岁不到的女儿过日子。但是王老二不知道李二嫂为什么三更半夜光着身子，到水塘边来干啥。这件事一直埋在王老二的心里，从没和人说过，直到好多天以后，王老二见到李二嫂时，双方只对视了一下，就各自走开了。

这年秋天的一个下着雨的夜晚，王老二撑着伞，低着头，急匆匆地往家里赶。又是在村口水塘边的那棵大枫树下，王老二突然和李二嫂撞了个满怀。李二嫂不由分说，就钻到王老二的伞下，箍住王老二的脖子，一边抽泣着一边说："我要嫁给你……"毫无思想准备的王老二被李二嫂搞蒙了："这怎么能行？""怎么不行？谁让你看到了我的身子……"

这年冬天，王老二和李二嫂就办了喜事。新婚之夜，王老二问李二嫂：

"那天晚上，你光着身子在水塘边干啥？"

"我割了好几天的麦子，身上痒得不行。我想天已那么晚了，不会有人了，我就想到水塘边去擦个身，谁想让你这个挨千刀的看到了。"

"这一看，还让我给看上了一个媳妇。"

李二嫂在王老二的背脊上狠狠地掐了一下：

"我让你看……"

老钵头

大凡屠夫都有个绰号。

过去，小镇上那个站在窗口卖肉的叫"老钵头"（"老鳖头"？）反正这名字听上去不大好听。然而，奇怪的是，小镇上所有的人见了他，不是向他点头，就是给他递烟，吃香得很，而"老钵头"总是在喉咙底"嗯嗯"地应两声，显得很勉强。

那时买肉要起早，否则就买不到。偌大一个镇，每天只杀两只猪，只有在过时过节，才增杀一头。

其实，"老钵头"开窗卖肉基本上要等到太阳一丈高了的时候，大约是八点钟光景吧。人们那么早去干啥呢？排队！去迟了，就买不到。

那年冬天，明江的姐姐要出嫁了，他母亲准备给他姐姐打造一些嫁妆。

有一天早上，明江的母亲就给了明江一块钱，要他早点去排队买肉，她自己则穿上解放鞋，下乡去请篾匠去了。

卖肉窗口前的长队自然是老长老长的了，明江排在这样的队伍里，还是第一次。

　　明江排在一位老奶奶的后面。这位老奶奶正在和她前面那位跟她差不多年纪的老大爷闲聊。

　　老大爷好像在说，昨天下午，"老钵头"和他在"悦来茶室"一起喝茶，老大爷还替"老钵头"付了茶钱，想必今天"老钵头"会给他来一块好一点的肉。

　　老奶奶则说："不一定。""老钵头"这个人是条喂不熟的狗。这几年来，他喝我们家的酒还少啊？每次喝酒时，他都说，下次买肉你不用去排队，我给你留着送来就是了。可每到中午边，我见了他，他不是说肉少不够卖，就说是留着的，后来被隔壁冯嫂硬拿了去。正说着，排在老大爷前面的一位中年妇女转过头来说，你们说话轻一点，说不定"老钵头"已经在里面了，这话让他听到不好。

　　这位中年妇女明江是认得的，她与冯嫂就住对面，也明白"老钵头"与冯嫂之间那点讲不清的关系。

　　老奶奶扯了扯前面老爷爷的衣襟，说："我俩换一下好吗？"

　　老大爷也没说什么，就与她换了一下位置。

　　老奶奶换到前面，与那中年妇女咬起了耳朵，还不时用诡秘的眼神朝四下里看。

　　不知觉间，明江的后面又排了好多人，队伍已经绕过那只破水缸，在那口水塘边拐了个弯，看去大约有百来号人，有老的也有少的，有的是两个人搭帮排，这样，一个人若想方便，便由另一人替上。

　　这时的明江也想方便了，但又怕离开队伍，位置被人占了去，他就只好去求前面的老大爷帮忙。老大爷说，他只能保证他前面的位置，但管不了后面的。而排在明江后面的是一位五大三粗的大汉，他正瞪着一双牛眼，仿佛要把明江给吞了的样子。明江也就不敢开口。

正急得无计可施时，明江见旁边有一块大石头，就挤出队伍，把那大石头搬了来，放在自己的位置上，然后急忙奔向路旁的厕所。

待他回转身来时，队伍已明显地乱了，只见排在前面的人或高举着菜篮，或高举着钞票，也有的一手拿着钞票一手举着香烟，大喊着"老钵头"给我来一块。

但见那"老钵头"高高地站在窗口里面，满身油渍的样子。两只耳朵上横满了香烟。只见他手起刀落，秤杆一翘，一块两块地乱喊一气，就把肉扔进某个人的篮子里。

明江站在队伍的外边，再也挤不进队伍了。他在乱哄哄的队伍外转来转去，急得什么似的，就只好钻到后门去，看有没有熟人，正好遇到冯嫂，手里拎着两刀夹心肉，笑吟吟地从里面出来。她一见明江，就说："拿去，这是你妈让我带的。"没等他反应过来，冯嫂就连推带拉地把明江送回了家。

过后明江才知道，他母亲早就托冯嫂买肉，只不过是让明江到窗口前去象征性地排一下队，免得别人多口舌而已。

冬云

　　冬云酒瘾特重，可他平时滴酒不沾，老婆管得紧呗。每次出门，老婆都是那句话："不准喝酒，回来时让我闻到一点酒气，就有你的好看。"冬云伸伸舌头，做个鬼脸，表示遵命。

　　那年冬天，冬云去丈人家（丈母娘已经去世）送年节，正赶上出新酒。翁婿俩就你一杯我一杯地对喝起来，直喝到日落西山，月挂西楼，酒坛朝天，酒杯落地，下巴搁桌沿，老眼对新眼为止。

　　也不知是谁走漏了风声，第二天早上，冬云前脚刚一跨进门，老婆就一步上前，拎起冬云的耳朵："谁让你喝的?"说着抓过一块搓衣板，命令道："跪下！什么时候想通了想好了悔改了，再起来。"没办法，冬云只好老老实实慢慢地跪了下去。有道是好汉不吃眼前亏嘛。

　　从此后，冬云是天不怕地不怕，就怕老婆和搓衣板。

　　冬云跪搓衣板的事传到了老丈人的耳朵里，而且是因为与他一起喝酒的缘故。这一天，老人家怒气冲冲地兴师问罪来了："好你个臭丫头，刚一过门，就管起老公来了，简直跟你妈没两

样。喝酒怎么啦！不喝酒还算是男人吗？告诉你，以后不准给他
跪搓衣板！"

老婆表面上应允得很好，而心里却颇不乐意。冬云呢，也当
面向老婆表了决心，表示今后与酒断交。

有道是江山易改，本性难移。那天，冬云进城办事，回来时
已颇感劳累，于是就在路边的一家小店里歇了脚。此时酒瘾发
作，喉头发痒，心想："何不乘此喝它一口？反正回家的路还远
着呢。等我走到家，酒气早没了，我那婆娘根本就不会晓得。"
一得意，就向店家要了一碗（约半斤），顺手甩过一张百元大钞，
让店家去找。

也许是长时间抗酒瘾的缘故，一碗酒很快就入了冬云的肚，
等店家找完钱回转身来，发现酒碗空空如也，还以为没给打酒，
于是又打了一碗给冬云。冬云也不客气，端起碗来——这回，他
可要慢慢地品尝了。

两碗酒下肚，顿觉全身轻松了不少。冬云起身往家里赶。

人一走动，酒劲也就上来了。还没走到家门口，冬云就喊开
了："老婆……老婆……你说……我……我今天运气不？……一
块钱……喝了两……两碗酒，两碗哪！两碗酒只一块钱……你说
我……运气不……"

"啪"一块搓衣板又塞到了冬云的脚下："跪下！"

"啊？还跪呀？"

"叫你跪你就跪，别啰唆！"说着就伸手去拎冬云的耳朵。

"哎——别……别……别动，我跪还……还不行吗？男子汉
大……大丈夫，跪……跪一下搓衣板又……又算得了什么？"

邂逅

那天下班回家已是五点多钟了。秋末的天本来就黑得早，加上又下着蒙蒙细雨，就越发显得黑了。我骑着车急急地往家里赶。

"老板，地瓜干要勿?"

刚拐进那条小巷，准备抄近路回家，只听背后传来一声略带颤抖的叫卖声。我回过头去一看，小巷口的那根电线杆下站着一位中年妇女。她头戴一顶竹笠帽，身披一块白色塑料布，站在路灯下的寒雨中。她的跟前放着两只竹篮，也用塑料布蒙着。见我停下来，她又说道："昨天刚烘的，很甜的，不信你尝尝。"

我蹲下去，掀开竹篮上的塑料布，只见篮子里的地瓜干个头均匀，每一只都和大红枣那么大，且晶莹透亮，呈琥珀色，煞是诱人。

"尝一个吧，不买不要紧。"

我随意拣了一只放进嘴里，果然味道不错，于是决定称点回家。

称好地瓜干，正准备付钱。

"这不是……"

"你是……"

在我们的目光相对的同时，付钱与收钱的手也随之停在了空中。原来，她与我是中学同学。

已经二十多年过去了，彼此之间虽然有了太多的改变，但我们还是认出了对方。

那个时候，我们都很苦，每个星期从家里带少许米和一大袋生番薯丝来到学校，每餐就着霉干菜、霉豆腐吃番薯丝饭，有的同学还经常不够吃，只好吃一餐饿一餐。

记得那时的她个子小小的，坐在最前排，很不惹眼，一般情况下，不大有人会在意她的存在与否。只是有一次，我刚吃好饭就到教室里去做作业，看到她一个人已先坐在那里了。我也没有和她打招呼就管自己做起了作业。

大约过了半个小时，我做完作业准备离去，发现她正从抽屉里拿生番薯丝吃。由于旁边没有别的同学在场，我就轻轻地问了她一声："吃过了吗？"不响。再问，还是没有回音，但看她的两眼已是潮潮的了，我也就明白了八九分。然而，从此以后，我们再也没有说过一句话，直到毕业后各奔东西。

今天，在这个小城的一条小巷口，在这黄昏的雨中，彼此又重逢，我不知该与她说些什么，只说了句："到我家去坐一坐吧。"她笑了笑："不了，我还要赶回去呢，我老公和儿子还要等我回家烧晚饭呢，家里还有两只猪也要我回去喂。"

"那你这担地瓜干怎么办？"

"挑回去呀，要是明天天晴再来卖。"说着，她真的挑起竹篮，朝车站方向走去，无论我如何挽留，她只是说："不啦。"

　　目送她远去的身影，我有点怅然，这就是二十多年前，一个人偷偷躲在教室里吃生番薯丝的那位女孩吗？二十年后的今天，她过的又会是什么样的日子呢？

　　"你明天还来吗?"

　　"来。"

　　她头也不回地走了。

一个人的朝圣路

　　我在村外遇见一位老者，他与村里的其他老人并无多大的不同之处，只是他在走路时，神情是那么的凝重，步履是那么的匆匆。他不同路人打招呼，也不抬头看人，只是低着头，一个劲地向着村外的一个山坞里匆匆而去。

　　我有些奇怪，赶上前去，冒昧地问他：老人家，你走得这么匆忙，是去哪里呀？他没有多说话，只说了两个字：回家。

　　回家？村外已经是人烟绝无，那个山里难道还有人家？

　　我一边朝村里走着，一边在想。突然冒出了个想法：跟去看看。

　　于是我回头，去追赶老人。

　　可是当我再折回去寻找老人时，却早已不见了踪影，只是路边的柴草间还留有人走过的迹象，若不仔细看，也是看不出来的。

　　这个山坞很深，远处的山被冬日的云遮去了尖尖，路边的溪水发出哗哗的声响，只是看不见，因为溪的两岸都长着茂密的柴草。脚下的路也是荒芜得一塌糊涂，尽管有一段一段的石子铺着，那也只能说明，这条路上曾经也是人来人往，而现在，除了鸟兽，人迹是十分的罕至了。

行到一半，有一座石板桥横在溪上，而另一边已经没了路。老人一定是过了桥，上山去了。

上行不到半里，就有一片竹林，路在竹林里弯成了好几个"之"字。我低着头，走完这几个"之"字，突然走进了一个已被废弃的旧泥屋。屋基里种满了辣椒、丝瓜、南瓜……只是都已被霜打蔫了，而门前的几株橘树上却挂满了金黄色的橘子，屋后的柿树上也挂满了柿子，树叶早已掉光了。

在这幢被废弃的旧泥屋的后侧，还有一幢泥屋，保存得十分完好，屋顶上还冒着炊烟。那老人就坐在门边，一把一把地拍着芝麻。

我已经满身是汗。走到老人身边，说：你走得好快，我赶都赶不上。

老人说，你是哪里的？你来干什么？

我没和老人说明我是谁，只是说，这里真安静，可是太高了，路又不好走。我又问，这里只有你一家？边上那间房子怎么倒了？人呢？

老人说，这里其实一个人都没有了，都住到山下去了。以前这里有两户人家，边上那家人姓郑，他们是一百多年前从安徽安庆迁来的，他们那里经常发大水，所以都逃到山里来了。他们的子女长大一个就下山一个，最后只留下老人在山上守着。前几年，老人都死了，那房子就没人住了，最后倒了，我就把那地基当成了菜园地。我姓童，祖上是兰溪。以前山外穷，没得吃，我们一家就迁到这里来了。这里有的是山，只要有力气，挖出来都是自己的。我们两家在这里一起种山，日子过得还算可以，至少在那个年代来说还是不错的。以前经常有山下人来我家借玉米。我们每年也都有几十担的桐子、茶叶出卖。现在不行了，山上野猪越来越多，玉米种不起来了，桐子也没人要了，茶叶也没人采了，子女们都一个个下山去了。我有五个女儿，全都嫁到外地，只有一个嫁在邓家村里，儿子在桐庐打工，老伴早几年去世了。子女们心疼我，不放心我，都抢着把我接下山去。我在几个女儿家轮着住，一个女儿家住半个月，回家住一天，然后再下山去。

你为什么半个月要回家住一天呢？

你不知道啊！一个人在什么地方出生，就好像把根扎在那里一样，不管你走多远，那条根总是拔不走的。更何况这里有我的老屋，门对面有我种了一辈子的山地，门前有我熟悉不过的竹林、茶叶。屋后有一口井，那是我喝了一辈子水的井啊！最让我放心不下的，是我的老伴还睡在这里，我每隔半个月都要回来看她一次，给她上上香，烧烧纸，在老屋里睡一个晚上，就当陪陪她。她怕冷，我来给她捂捂脚。说这些的时候，老人的眼角有混浊的泪花在闪。

我在房前屋后转了转，这里确实是个好地方，山很青，也很静，除了有山风吹过竹林发出的响声外，什么都没有。我们经常会有这样的想法：每到一个环境特别好的地方，都想在这里住一辈子，可是真的让你住在这里，未必人人都愿意，因为人是群居动物，离群索居，是十分痛苦的。

等我转回来，老人已经烧好了开水，他用真正的山泉给我泡了一大碗（他没有杯子）高山茶，让我在堂前坐着好好喝，等他把手中的那几把芝麻拍好后，再烧饭给我吃。我喝了茶之后说，饭就不用烧了，我还要早点赶下山去，因为村里还在等我吃饭呢。

他说，不急，你一定要下山去，我也不留你，因为山上实在没什么菜。说完，他拎起一只篮子，就到屋后去摘柿子，要我带点下山来吃，说留在树上也是被鸟吃了。他说这棵柿子树是他小时候亲手种的，很甜，摘下来就好吃的，以前经常有上山来砍柴的人去摘来吃，现在很少有人上山了，所以每年都烂在树上。

我不好意思让一个老人去树上给我摘柿子，就和他一起去。老人边摘边和我说，他叫童水生，今年八十三岁……"你看，"他指着一个坟包说，"那就是我老伴。我已经和我的子女们都说好了，如果有一天，我不行了，一定要趁我还没断气前把我抬上山，我要死在我的老屋里，我要和我的老伴躺在一起……"

我眼前的这位老人对故土是这么的留恋，尽管他早已随着他的子女们下山脱了贫，但对故土的那份眷恋之情是永远也割不断的。

碧溪坞访罗老

　　梅城碧溪坞，又叫碧涧，这名字听上去很美。相传唐朝诗人刘长卿被贬睦州时曾建碧涧别墅于此，因此更添几分诗意。惜余当年求学梅城两年，后又因事多次路过坞口，终未进坞探幽，直把碧溪坞这个绿色的梦珍藏在心中二十多年。

　　今年初夏，承罗嘉许老人之邀，我和简庵兄同赴罗宅吃酒，方才有幸涉足碧涧探幽访故。我是初到，简庵兄是再来，故一路上，简庵兄领我直入碧涧深处的罗宅。

　　罗嘉许老人年已古稀，子女都已立业成家于外，他只与老伴守着几间泥屋，蛰居碧溪坞，恬淡地生活着。

　　罗宅深藏在一片浓密的树荫丛中。屋后万松点点，鸟鸣上下；门前方塘半亩，鹅鸭相嬉。先生于庭院植文旦一株、牡丹两茎、兰花数盆、青椒若干、香葱几丛……先生陶然其间，乐而忘忧。

　　初识罗老是在一次诗会上。在此之前，我曾收到罗老的一篇《商辂公与三元坊》的稿子，读后顿觉眼前一亮。以前，有关商辂公与三元坊的文章我也看过一些，而罗老的文章不仅行文严密，而且文字老到流畅，于是当即决定刊发。在我的脑海中，罗老先生应该是一位须发飘飘的儒雅文士，见面之后，才知先生的外相平常之极，不仅脸上未留美髯，就连头发也精干到极致。平时，罗老常骑一辆自行车进城采购菜食，闲时则踏山涉水，吟诗著文。有"悬崖松倚石，沙渚柳怀峰""饮沾碧涧水，着意写沧桑"等句传唱于诗朋文友之间。

罗老先生祖居罗村，建罗村水库时迁来碧溪坞。当时，为寻新居，他相了许多地方都未中意，来到碧溪坞，这里的山水一下子就把老人那颗爱山乐水的心给拴住了，于是择基搭了几间泥房，定居下来。这里山青坞深，有东西两涧汇于凤凰山下而后同入富春江。凤凰山顶巍然屹立着一座古塔——北峰塔。从坞底仰望北峰塔，仿佛仙山琼阁，尤其是在霞光之中，更添几分神秘。老人在《眺望北峰塔》一文中，对此多有描述。

美景如画的碧溪坞，对每一位爱山乐水者来说都有相当的诱惑力，更何况像罗老先生这样一位好吟之老者。罗老先生好诗善文，其古典诗词的修为堪称我市高手，五言诗更是直追陶渊明。有道是诗言志，罗老先生平生有宁静淡泊之志，无钻营攀附之心，尤好结交诗朋文友，以相游唱和为乐事。从他的诗作中，能读出一个布衣隐士的形象来。问他一生喜爱碧溪坞这方山水，是否有追慕"五言长城"刘长卿之意，老人笑而不答。其实只要翻开《刘长卿集》，读一读诗人在睦州时所作之诗，再读一读罗老先生的诗作，也许能从中看出这一古一今两位诗人心迹的相通之处。

我在想，碧溪坞这个地方是否满山遍水都藏着诗？不然的话，为何一入碧涧，就会兴意盎然，连我这个不会吟诗的俗人，也觉得已被诗意浸淫了。

幸福就是一碗浆

　　早在老傅还是小傅的时候，就生了一种病，眼睛发红，整天流泪，父母也没有太在意，等到意识到问题的严重性，已经来不及了。小傅因此就落下了弱视的毛病。

　　因为视力问题，小傅也就失去了上学的机会，天天在家放牛，有时也上山砍柴、割草，下田采猪草，反正，只要属于"小鬼头"干的活，他都干。

　　小傅虽然没上过学，心地却很善良。村里有一口水井，小傅天天都要去井里打水。村里的妇女也都集中在井边打水浣洗。小傅每次来，都要给每人的水桶先打满，然后才自己打满水，挑回家。妇女们说，这小鬼，人真是勤快，就是眼睛不好，如果谁家女儿愿意嫁给他，是不会吃苦的。可是，时间一天天地过去，直到小傅都过了三十了，可以称作老傅了，还没有谁家的女儿愿意嫁给他。但小傅并没有丧气，脸上整天都堆满了笑。只是视力越来越差。

　　有一天，我见老傅又去山上砍柴，就问他，你看得清山路吗？他说，村前村后的山，我都爬了那么多年了，很熟了，闭着眼都能走。到了中午，老傅挑着一担柴，颤颤巍巍地从村口走来，肩上的柴担既不整齐，更没头尾，两头的柴捆也是一横一竖。再看那两捆柴，柴草荆棘，什么都有，我的心里一阵发酸。走上去问老傅，重不重，他说，这点柴不重的。其实我是没话找话，想去帮他一把。然而，终于没有帮上，因为看他那样子，并没觉得劳累。

老傅的父母相继去世后，他就一个人生活了。田地也分到各自家里，自己种。老傅除了砍柴，还要下田种稻。老傅种稻，我也是看到过的，既不成行，也不成排，有的地方疏可走马，有的却密不透风。老傅种的番薯，个头也比别人家的小，可他煮的番薯粥，却很是清爽。老傅说，他最喜欢喝番薯粥了。菜嘛，大多也是自己腌的各种腌菜。

后来，老傅还在村里开过一爿小店，自己进货，自己销售。只因村里人口少，购买力实在有限，店也开不下去了。他就从别人那里买来一公一母两只羊。这两只羊倒也争气，一年后，生了四只小羊。老傅天天都赶着两大四小六只羊，在村口的小路边吃草，路过的人都说，你这六只羊被你养得真好。老傅脸上的笑容就更多了。

等四只小羊长大，老傅就把两只大羊给卖了，得了一千多块钱。老傅给自己买了过年的新衣服，还买了一辆手拉双轮车。可是那四只小羊却从此不吃也不喝，眼看着越来越瘦，老傅只好把它们也给卖了。老傅天天拉着双轮车，开始在村里村外捡废纸、收废品。老傅拉双轮车真的有点累，这倒不是因为车有多重，而是他要一手用竹棍探路，一手拉车。我每次看他拉着车，不管是春夏秋冬，脸上都是汗，不过，笑容却从未从老傅的脸上消失。

　　老傅六十岁时，每月可领到一百元的养老金。老傅每次去镇上领养老金时，都会遇到一位也来领养老金的老妇。老傅虽然看不到老妇长什么样，但老妇的热情，老傅是能感受到的。一来二往，两个人就熟络起来了。领完养老金，老妇拉起老傅手中的竹棍，在前面牵着走，老傅在后面跟，路就走得顺当，也走得快了。这样的情景，在小镇上已经成了一道风景，镇里发放养老金的办事员看在眼里，就主动帮他们牵了线，老傅和老妇就真正走到了一起。

　　老傅与老妇成了家，老妇就成了老傅的眼睛，每次下地干活，或去镇上，老妇都用竹棍牵着老傅在前面走。老傅脸上的笑容更灿烂了。

　　我常常在通往镇里的马路上，遇到老傅夫妇，每次我都是开着车，经过他们身边，他们也都很自觉地让到马路的最边上。我很想停下来，和他们打个招呼，可是一想，我是开着车的，他们是用一根竹棍牵着的，我是不是太优越了点。更何况，老傅又看不见我，老妇的耳朵也不太好，不一定听得清是谁，就重新拉上车门，走了。

　　那一天，去村里有事，在村口又遇到了他们。先是一阵寒暄，寒暄之后，就问他们的生活近况。他们都说，很好。老傅每月有八百元的低保，老妇每月也有三百元的生活补助，加上平时自己种点蔬菜，生活过得还是不错的。我问他们，现在不收废纸了？他们说，老了，不收了。那为什么经常看到你们去镇上？他们说，去镇上，只是想喝一碗豆浆。说着，老傅和老妇都摸了摸嘴，仿佛嘴边还有豆浆似的，脸上写满了幸福。

我的恩师

　　我的小学时代，大部分时间是在"假期"和"社会活动"中度过的，暑假、寒假、农忙假，学工、学农、小秋收，真正在课堂里的时间少之又少。五年下来，没学到多少东西，却背下了《为人民服务》《愚公移山》《纪念白求恩》"老三篇"，这还是我自学的。

　　上初中时，班里来了一位语文老师，姓章，叫章炳坤，寿昌西门人。他个子矮小，右手还缺一个中指，说是在开化教书时，下田劳动，被蛇咬掉的。他说话声音很洪亮，更让人觉得有趣的是，他总是前半句讲普通话，后半句用寿昌话讲完，常常听得我们哄堂大笑，因此，他的课，我们都非常爱听。

　　第一堂课，他先对全班同学进行了一次课堂测试——让每个人讲一个故事，或背一段文章，或唱一首歌，什么都不会的，讲几句家乡话也行。

　　我背了一段《为人民服务》："……人总是要死的，但死的意义有不同。中国古时候有个文学家叫作司马迁的说过：人固有一死，或重于泰山，或轻于鸿毛。为人民利益而死的，就比泰山还重；替法西斯卖力，替剥削人民和压迫人民的人去死，就比鸿毛还轻。张思德同志是为人民利益而死的，他的死是比泰山还要重的……"背到这里，他就让我停下，说，下一个。

课后，他把我叫到办公室，问我，还会背什么，我说，"老三篇"我都会。又问我，会不会背唐诗。我一脸茫然，因为我从未听说过什么叫唐诗。他的脸上充满了失望，然后茫然地望着窗外。很久后，才对我说，下星期一早上，你到我的宿舍来一下。

我不知道他要我去他宿舍干什么，整整忐忑了一个星期。星期一早上，我很早就去他的宿舍门口等待。不到十分钟，就见他满头汗珠，手里提着一大捆书，从学校门口走来。我上前去帮他提书。他把我领进他的宿舍，还让我坐在他的床沿（因为只有一张椅子），然后打开手里的那捆书，和我说，这是从家里拿来的，你如果喜欢，随便拿去看。他拿起一本咖啡色封面的书，对我说，你上次背的"中国古时候有个文学家叫作司马迁的说过……"这本书，就是司马迁写的。我拿起书看了看，书面上写着"史记选"三个字。翻开来，除了"前言"，全是文言文，一点都看不懂。他似乎看出了我的心思，又拿出一本《古汉语简明字典》递给我，说看不懂的地方，查查这本字典。不得已，我收下了这两本书，说了声谢谢，走出他的宿舍。

从那时起，除了上课，我几乎都在"啃"这本书。"啃"了一个学期，还是基本不懂，也就渐渐地放下，不再去"啃"了。

学校里的运动一个接着一个，先是"批林批孔"，后来是"反击右倾翻案风"，章老师好像也忘了这事，一直没来问我。第二年冬天，揭批"四人帮"运动又开始了。有一天，章老师走进教室，把手中的《语文》书往讲台上一甩，什么话也不说，然后就在黑板上写上"陈涉起义"四个大字。大家都不知道陈涉是谁，反正是个英雄，因为他敢"起义"。接着，老师在黑板上继续（默）写下去：

陈胜者，阳城人也，字涉。吴广者，阳夏人也，字叔。陈涉少时，尝与人佣耕，辍耕之垄上，怅恨久之，曰："苟富贵，无相忘。"佣者笑而应曰："若为佣耕，何富贵也？"陈涉太息曰："嗟乎！燕雀安知鸿鹄之志哉！"

写完，他说，今天，我们就学这一课。他先逐字逐句地给我们讲解了一遍，完了之后，又领我们高声朗读。这"叽叽咯咯"的读书声好不让人生奇。原来，这就是文言文。我被它深深地迷住了。

回到家，我重新找出那本《史记选》，学着课堂上老师教的声调，试读了起来……

两年初中毕业了，章老师又把我叫到他的办公室，和我说，他也要离开这里，回寿昌去了，那本《史记选》和《古汉语简明字典》送给我。另外还拿出一本没了封面的《唐诗三百首》，说，这本书也送给我。我接过书，眼里突然满含热泪，站起来，对着章老师深深鞠了一躬："谢谢章老师……"

双泪落尊前

1979 年，我考入浙江省严州师范学校。17 岁的我，第一次来到梅城，这里美丽的自然风光，古韵悠长的老街，一下子就吸引了我，幸好学校的功课相对于高中来说，不算太紧张，让我有了充分的时间在城里城外四处游赏。更让人兴奋的是，学校设有美术课，其中有大量的课程是写生，这就让我有了更多的机会去领略古城的风韵了。

担任我们美术理论课的是一位和蔼可亲、说起话来轻言细语的中年女老师，名字叫朱凤钊，担任美术欣赏课和写生创作课的是一位男老师，名字叫寿崇德。寿老师也是一位和蔼可亲、说起话来轻言细语的老师，不同的是，在他那轻言细语的背后，充满着激情。后来才知道，朱老师和寿老师是一对夫妻。

有一天，天下着细雨，寿老师和朱老师同撑着一把伞，从教师宿舍往教室走来，寿老师的腋下还夹着一大捆资料。来到教室后，朱老师说，今天是美术欣赏课，由寿老师给你们上。说完，就帮着寿老师打开了那捆资料，原来是一捆画，他俩一起，把其中一幅很长的画往教室的墙壁上挂。这幅画几乎在教室里绕了个圈。寿老师说，这是他在重庆读书时临摹的。只因那时，我们从未接触过美术，也不懂得欣赏，至于寿老师临的是谁的画，已经记不得了，只记得这幅画的名字叫《长江万里图》。

在之后两年的学习时间里，我们的美术课都由朱老师和寿老师两人共同担任。

寿老师经常带我们到梅城的城里城外去写生，乌龙山、南北双塔和三江口，到处都留下了我们的脚印。每次出去写生，寿老师先帮我们选好位置，交代写生要领后，然后就自己架起画架，和我们一起画了起来。等大家都画得差不多了之后，他又过来，一个个地点评，画得好的，由寿老师收走，在下次欣赏课上一起点评。我虽然初次接触画画，但很用心，有好几次的画稿都被寿老师收走了。

除了写生，当然还有临摹。寿老师把家里收藏的很多名画拿出来，挂在教室里，供我们临摹。

我们学的有国画、素描、水彩等。不管学什么，都要有画画用的材料，而那时的梅城什么都没有，寿老师就利用出差的机会，帮我们去采购。记得有一次，寿老师从杭州回来，一次就带回了一百多块画板，还有一些其他画画材料，比如颜料、纸张、画笔等，我们在梅城汽车站等他，一起把这些东西运回学校。

寿老师不仅是我们的美术老师，他更像一位慈祥的父亲。课余时，他常常把我们几个对美术感兴趣的学生叫到他的家里去，有时让我们欣赏他所收藏的名画，有时让我们站在一边，看他画画。有时什么都不做，只和我们谈天，内容当然有画画方面的，也有如何当一位好老师的。寿老师说，不管做什么，首先要做好人。当时我们对寿老师说的这些话听得似懂非懂。这样的情景虽然已经过去三十多年了，至今想起，还如昨日。

　　寿老师对我们这些从农村来的学生特别关心，时常用节省下来的钱，给我们买画画材料，买画册。他还在我们这届学生当中，挑选了三十多位同学，成立了一个"严师画会"，除了平时正常课程外，额外教我们学画。可惜的是，自从学校毕业之后，我就丢开了画笔，去教语文了，真是辜负了寿老师两年来对我的栽培。

　　毕业以后，我在不同的场合遇到过寿老师，每次他都问起我是不是还坚持画画，我都感到十分愧疚。他说，不要紧，把语文教好也是一样的。

　　上个月，得知寿老师驾鹤西去的消息，我整整一晚没有合眼，我强压着悲痛的心情，找出了三张已经发黄了的有寿老师的照片，然后打电话给学兄光明，光明兄说，寿老师的离去，让我们失去了一位文化标杆。接着，他又安慰我，不要过于悲伤，我们的心情都是一样的。只要我们做好自己的事，就是对寿老师最好的悼念……

　　寿老师的告别会在杭州举行的日子，我正好去了南国。4月23日下午，我站在南国的一个公园的一角，眼含热泪，面向北方，深深地向寿老师作别。愿他老人家一路走好。

我的叔叔

　　叔叔离家五十多年了，他是为了祖国的水电事业离家的，期间虽然也曾回过几次家，但因工作原因，每次都是来去匆匆。在家待的时间最长的是上世纪 60 年代中期的一次，他刚从学校毕业，就去了宁夏工作，"文革"暴发了，他只身一人重返故里。三个月后，他又去了广西，投身到大化水电厂的建设工作，从那以后，他就很少回家了。

　　叔叔退休后，住在南宁。每年过年，我都要代表全家给远在他乡的叔叔打个电话（以前是写信），一来问安，二来要他抽时间回来看看，还一再说明，这几年，家乡的变化可大了，老家的房子全改成了楼房，公路修到家门口了，高速公路也通了。叔叔的声音从电话那头传来，听得出来，他是很高兴的。但他同时又说，前几年得了带状疱疹，没有完全治好，留下了后遗症，时不时会发作，很痛。所以，回乡的事就一搁再搁。

　　其实，我知道，叔叔不回来还有一个重要的原因，他坐不惯汽车，有晕车症，加上爷爷奶奶都已去世多年。

　　今年正月，我又给叔叔打电话，告诉他，现在回家可以坐高铁了。这一次，他很兴奋，说，他过了年就回来。

可是，在离过年不到一周的时间，却收到了妹妹的微信，说叔叔于昨天离世了。我看着手机，心中一片茫然。说好要回来的，怎么就这样走了呢？

叔叔是我父亲这一辈里最小的一个，他从小喜欢读书。在读小学时，成绩就非常优秀，且喜欢运动，脚上穿的布鞋，全是我妈给做的。他的中学时代是在寿昌中学度过的，中学毕业后，正赶上新安江水电站建设，有关部门在汪家设了一个水电学校，专门培养水电工作者，叔叔马上报名进了这所学校学习。毕业后，没到新安江水电站工作，却去了宁夏……

叔叔退休后，住在南宁的大沙田，2011 年，我出差到广西，专门去看过他。他还是那么爽朗，说起他的一生，他是那么的自豪与兴奋。那一天，又正好是我的生日，叔叔婶婶还特意上街给我买了个大蛋糕，我的五十岁生日，就是与叔叔婶婶一起过的。

叔叔把他珍藏的许多旧照片给了我，其中有好多都是与爷爷奶奶的合影。我没见过奶奶，这些照片对我来说，就显得十分的珍贵了。

叔叔去世的时候，正赶上疫情，我们无法前去吊唁，只有遥望南天，燃一炷香，愿他一路走好。

家乡味

（一）螺蛳

螺蛳是江南人餐桌上一道虽不名贵，但非常受人欢迎的佳肴。

记得小时候，除了过年，平时是难得吃到一点荤腥的，倒是家门前的那口小水塘和水塘外的那条小溪里，常常可以捞到几条小鱼或泥鳅打打牙祭，再就是一年四季都可摸到的螺蛳了。

我们常说，穷人开荤吃螺蛳。

那时我们吃螺蛳是先把螺蛳放到水里煮熟，再用篾签或缝衣针把螺蛳肉挑出来，然后再用生姜大蒜青椒炒着吃，那味道很是不错，也很下饭。但要炒一碗螺蛳肉，需好多螺蛳。可门前只有一口不大的水塘，摸螺蛳的人多了，要摸出一碗螺蛳肉，很不容易。有一年，我的一位在外地工作多年的叔叔回家看我爷爷，看到厨房里有一碗螺蛳，就找来一把老虎钳，剪去螺蛳屁股，用清水洗净，再到菜地里摘来几个青椒，割来一把韭菜，就把螺蛳连壳炒着吃了。

餐桌上，叔叔吃得稀里哗啦，满头大汗，看那样子很是过瘾。他还让我吃。我挟了一颗放进嘴里，就是吃不出来。用筷子捅，越捅螺蛳肉就越往里钻，我只好用篾签把螺蛳肉挑了出来吃。叔叔说，你这样吃没味道，你看我。他夹起一颗螺蛳，放进嘴里，用手捏住螺蛳屁股，只轻轻一吸，螺蛳壳里就只剩下一点内脏了。

他说，吃这东西要讲点技巧，用力不能太猛，只一吸就行了。在他的教导下，我终于也学会了吸螺蛳。这一学会，我就发现，螺蛳的这种吃法，比挑出肉来炒更有味道，因为吸螺蛳，能把螺蛳壳里的汤一同吸入嘴里，吃起来就更鲜了。

若干年后，我走出了山沟沟，发现外面的人吃螺蛳都是和我叔叔一样的吃法，而且有些人根本不用手帮忙，只用筷子夹住螺蛳，就能轻松地把螺蛳肉吸进嘴里，那种熟练的程度，一定是训练有素的了。而且看他们吃螺蛳，简直是一种艺术享受，用不了多少时间，他们就可以把一盘螺蛳吃光。

有一年，我在杭州进修，同班的有几位老兄是新疆来的。为了表现一下我这东道主的热情，第一天我就请他们下了馆子，当然没忘了点一盘螺蛳。

螺蛳上来了，我请新疆的朋友先吃。其间一位老兄夹起一颗放进嘴里，一咬，很硬的，拿出来看了看，然后再放进嘴里，又咬，还是咬不动，弄得很尴尬，只好问我，这东西怎么吃？我就夹了一颗放进嘴里，示范给他们看。我一连吃了好几颗，而且不用手帮忙。他们也就学起我的样子吃了起来，但没有一个学会的。最后，那一盘螺蛳大多是用牙签挑出肉来吃光的。

新安江人爱吃辣，吃炒螺蛳当然也是少不了放辣椒的。新安江人最爱吃的炒螺蛳是酱爆螺蛳，其最重要的一味佐料是淳安辣酱。这酱不仅鲜，而且辣得出奇，用它来炒螺蛳，味道绝对是OK 得不得了。

吃炒螺蛳最好是到一些排档里去，而且要选择在晚上吃夜宵的时候。三五好友找一家干净点的排档，把桌子抬到门外，炒上几个菜（酱爆螺蛳是一定要的），弄几瓶冰啤酒，打了赤膊，不必拘于礼节，近乎放浪形骸地稀里哗啦，那个痛快劲，简直没法形容！

（二）凉粉

用米粉做的面条叫粉丝，四川云南一带叫米线。

粉丝的做法是，先把大米浸透，磨细蒸熟，然后再用榨机把粉团从一个个小孔中挤出来，就形成了一根根长长的粉丝了。榨机孔的大小决定于粉丝的粗细。四川云南一带做米线的榨机孔一定是很细小的，榨出来的粉丝就像一根根线一样，所以叫米线。

刚出榨机的粉丝是很好吃的，不过一般人是吃不到的，只有做粉丝的人才能吃到。这种特新鲜的粉丝既香又糯，入口滑滑的。不过在通常情况下，榨出来的粉丝经凉开水一捞，就上架晾干成粉干出卖。但在夏天，一些榨粉丝的人直接把新鲜粉丝拿出来卖。因为都是已经变冷了的粉丝，所以大家都叫它凉粉，寿昌人又叫水湿粉。

吃凉粉是不放油的，把凉粉用凉开水过一遍，然后拌上切碎的新鲜红辣椒，放点酱油、味精就可吃了。

现在，有很多早餐店都卖凉粉。不过，这些凉粉大多是用粉干煮熟之后放凉的，其味道当然不如直接从榨机里榨出来的好。

以前在乡下，我们却也能吃到新鲜凉粉。一些粉丝加工厂一到夏天，也都做起了以米、稻谷换凉粉的生意。当然用钱买也是可以的，但那时的农村，有多少人有闲钱买凉粉吃？何况还要粮票。所以一般都用现成的粮食去换。我家吃口重，粮食紧张，看到人家吃凉粉，又馋得不行，我妈就给出了个主意：到田里去捡稻穗，积攒稻谷，然后用稻谷去换。

生产队里割稻子，正好是我们放暑假。每天早上我们都很早起来，跟着大人下田去捡稻穗。几天下来，居然也能攒得十多斤稻谷。把这些稻谷晒干，然后又起个大早，扛着稻谷步行十多里路，赶到粉丝厂去排队。因为等着换凉粉的人多，如果不早点去，就可能换不到凉粉。

扛着凉粉回家，家里已经把红辣椒切好等在那里了，一家人就开始边拌边吃起来。

我们村里有一位光棍老头，也很喜欢吃凉粉。每次我去换凉粉，他都要我帮他带点回来。他吃凉粉从来不用筷子，都是用手抓的，一餐能吃两斤多。因此，他又有了另外一个外号——湿粉老头。

湿粉老头去世已经十多年了，现在人们在吃水湿粉的时候，都会情不自禁地想起他来……

（三）泥鳅

泥鳅是好东西，有人说它是水中人参。可在以前，这种东西并不为乡下人所看重，只在长久没有吃到荤腥了，才去小溪里摸几条来，用青椒炒炒，开开荤，聊胜于无。

那时候的泥鳅也实在是多，随便用个畚箕到水塘或小溪里去一捞，捞个一两碗，是很轻松的事。特别是到了暑假里，我们几个小鬼头到小溪里去，找一个水潭，先把上游的水一拦，再用脸盆等把水潭里的水弄干，那些大大小小的泥鳅就会从四周的石洞里钻出来，一阵快速捕捉，每人都可分到一两碗。

清明前后，水田开始翻耕，翻耕后的水田里，也有很多的泥鳅。到这样的水田里捉泥鳅，最好的办法是晚上用灯去照。找一个快下雷阵雨的晚上，带上长手电（那时，我们还发明过一种电石灯，用附近一个工厂生产的电石——乙炔做燃料，那光特别亮）、泥鳅钳、木桶等工具，一个晚上少则四五斤，多则十多二十几斤是常事。

到了夏天，水田里的水已经不多，泥鳅都躲在烂污泥里。我们选一段水田后边用来排水的小水沟，两头一拦，把中间的水弄干，再从一头向另一头翻去，每翻一下，都有一到两条甚至更多的泥鳅。一个中午翻下来，也能翻个五六斤。

那时泥鳅多，就不值钱了，拿到市上卖，也只能卖个几分钱一斤，而且还不大有人要，所以我们在吃不完的情况下，用油烤干放着慢慢吃。

在乡下，泥鳅的吃法最多的是用青椒、大蒜、生姜、黄酒炒着吃。这种吃法要选那种小泥鳅，越小越好，不必去内脏，直接把泥鳅倒入热锅，盖上锅盖，直到泥鳅死了，浇上菜油，撒上盐，翻炒一下，然后放入已经切碎的青椒、大蒜、生姜、黄酒等佐料，等把青椒炒熟了，就可出锅了。这种吃法虽然简单，但味道很好，也最下饭。

还有一种吃法是泥鳅钻豆腐。把锅里的水烧到八分热，再放入豆腐，接着倒入泥鳅。突然受烫的泥鳅就会很快地往冷豆腐中钻，等到泥鳅全部钻到豆腐里后，再加佐料，用温火慢慢炖，直到豆腐炖空了，味道也基本出来了。这种吃法是泥鳅和豆腐都相当鲜美。

现在市场上的泥鳅大多是人工养殖的，这种泥鳅不但味道没有野生的好，而且吃起来很硬。野生泥鳅肉质细而嫩。可是现在很难吃得到了。不过去年夏天，我有幸吃了差不多一个礼拜的野生泥鳅。

有一次，我在菜市场遇见我们村里的一位菜农。他是来卖藕的，那藕白白嫩嫩，十分可人，称了几根后，他说，还有一点泥鳅问我要不要。拿来一看，是正宗的土泥鳅。问他是不是藕田里养的，他说现在藕田里哪还有泥鳅？是他儿子到山垅田里去抓的。我说全给我了。

第二天进菜场，见那菜农和儿子又在卖藕，身边还有半斤多泥鳅。他儿子说，昨天运气好，抓了三斤多，已经卖掉一些了，现在只剩这一点了，你要全给你。我把剩下的泥鳅全买了下来，并说，你每天都给我留点。从那以后，我吃了一个星期的野生泥鳅。

后来就再也没见他们父子俩来过了……

（四）丝瓜

酷暑炎炎，吃什么总难入味。但有一样食品，我是天天食之而不厌，那就是丝瓜。

前些年辗转于乡下教书，每住一地，我都要在门前院子里种上一两株丝瓜。种丝瓜不需要太大的地皮，但土质要深，肥要足，还要有水。清明过后就可下种，不出几天，就能长出嫩嫩的苗。到了初夏时分，就要给丝瓜搭架拉绳了。到了夏天，整个院子就会被它占满，人在下面，除了一片绿意，还有满院的清凉。每天清晨起来，站在丝瓜架下，伸伸腿，弯弯腰，呼吸呼吸新鲜空气，看看那带露的丝瓜花和小丝瓜，真是惬意得很。若是有了一两根收获，摘下来，不管怎么个吃法，都是鲜美无比的，因为那是自己劳动的结果。

丝瓜营养丰富，含有大量的维生素、矿物质等，夏天多吃不仅能解暑，还有益身体健康。最近报上又说，丝瓜还有美容作用，这对那些爱美的女士来说，真是既可起到满足口福之便，也可起到美容之效，何乐而不吃？

查了有关资料，发现丝瓜原产于南洋，到了明代才引种到国内。李时珍说："丝瓜，唐宋以前无闻，今南北皆有之，以为常蔬。"还说丝瓜"嫩者寒性"，能"清热利肠"，所以，"火体之人，大便干燥，宜食丝瓜，有清热通便之功效。"丝瓜宜煮宜炒，特别是煮汤喝，味道特美。取鲜丝瓜一根，去皮切成长条形，烧开水后放入丝瓜，半成熟后，打入鸡蛋一只，等丝瓜、鸡蛋都熟了，就可出锅了。另外，丝瓜炒笋干也是很可口的一道菜。

在这里，我要向诸位介绍一道不大为人所吃的菜——青椒炒丝瓜皮。

取鲜丝瓜皮若干，清水洗净，切成碎片，再取青椒若干，也切成同样大小的碎片，和丝瓜皮一同下锅煸炒数分钟后，即可起锅了。这道菜口感特好，入口鲜脆，是下饭的好菜。

丝瓜吃不了，也可晒干，其味不比茄子干差，只是要晒一斤丝瓜干，需很多的鲜丝瓜，唯其如此，丝瓜干就显得尤为珍贵。

（五）吃花

有很多植物的花都是可以吃的，比如黄花菜。

黄花菜俗称"金针菜"，学名萱草，古名忘忧，属百合科，是一种多年生草本植物的花蕾。黄花菜味鲜质嫩，营养丰富，含有丰富的糖、蛋白质、维生素 C、钙、胡萝卜素、氨基酸等人体所必需的养分，其所含的胡萝卜素甚至超过西红柿。黄花菜还有止血、消炎、清热、消食、明目、安神等功效，特别是病后或产后身体虚弱者，可用黄花菜调补。

采摘黄花菜一般在上午花蕾未开之时为佳。采来后用蒸汽蒸三到五分钟，晒干后备用。黄花菜通常与黑木耳等斋菜搭配同烹，也可与蛋、鸡、肉等做汤吃或炒食。近来也有人用新鲜黄花菜炒肉片的，

可食用的花的品种多达上百种，其中菊花、玫瑰、桂花、梅花、荷花、茉莉花、百合花、牡丹花、紫荆花、夜来香、墨兰等均属上品。这些花瓣可凉拌、热炒，也可炖汤、泡茶，或做其他食物的佐料。

用薄荷花、叶煮水，配入熟绿豆、红枣，加白糖，制冷，是炎炎夏日消暑的上品，且有补虚作用。

现在，有许多饭店、排档都有一道菜——南瓜花。南瓜花的

吃法也有好多种，通常是用整朵南瓜花放到调好的面糊里一蘸，然后下油锅炸，外脆内嫩，风味独特；还有一种吃法是把南瓜花捣烂，与鸡蛋、面糊拌在一起煎炒，味道也不错。

在民间，有用桂花糖渍和盐渍，制成桂花酱，配核桃仁末，煮汤、做菜或制糕点，深益脾胃。用桂花做香料，制成食品、酒水等，有桂花糕、桂花糖、桂花月饼、桂花汤圆、桂花酒、桂花茶，丰富多彩、香甜可口。

从前在杭州的一家餐馆吃到过一道菜叫炒栀子花。炒栀子花有黄花菜般的美味，且有一股黄花菜所没有的香味。

小的时候还吃过鲜映山红，其味酸中带甜。可是大人说，鲜映山红不能多吃，说是要流鼻血的。

（六）包芦

包芦就是玉米，它的别名特多，在我们家乡，包芦又叫六谷。

包芦是旱地作物，比较好种。到了夏末秋初，若缝降雨少的年份，稻田里种不了水稻，一些农民就改种包芦了。当然，包芦也可以种在山上，叫山包芦。山包芦比田包芦好吃，吃起来有一股特殊的香味。

包芦属粗粮，以前是接荒的食物。记得小时候家里粮食紧张，就常以包芦充粮。包芦的吃法很多。比较多的是用包芦粉做馃。馅最好是雪菜豆腐，外加点肉。放在平底锅里用菜油慢慢煎，一直煎到两面发黄。吃起来外脆内鲜，味道特别好。我外婆是做包芦馃的好手，每年她都要给我们留有足够的包芦粉，等着我们去做餜给我们吃。她做的包芦餜皮特别薄，虽然没有多少肉，但豆腐放得很多，且煎得也到位。我们兄妹几个往往吃了生尾巴（吃了还想吃）。外婆说，不是我不让你们吃，这东西吃多了不容易消化。

包芦还可以做包芦疙瘩、包芦糊吃。包芦糊寿昌人叫包芦羹。说起包芦羹，我的记忆特别深。那还是上世纪70年代的事，全国的农民都在学大寨，我们学生也不能偷懒，上午上课，下午就背上锄头，和大人们一起去战天斗地。我们乡里正在修两座水库，那是县里的重点工程，所以有很多优待政策，比如常有免费的包芦羹吃。那时的粮食很紧张，听说有免费的包芦羹吃，我们的干劲就特别大。到了中午，我们学校食堂的炊事员把包芦羹做好，就等我们收工去吃。我和班里的劳动委员去得迟了一点，锅子里的包芦羹一下子就被吃完了。炊事员说，别急别急。他让我去灶膛里烧一把火，他往锅子里滴了几滴油，撒了几粒盐，不一会儿，就闻到一股特别的香味飘过来。炊事员拿起锅铲，几下子就从锅子里铲出一个大大的、黄黄的、香香的、脆脆的包芦锅巴来让我们吃。他还说，慢慢走，坐上横头（堂前的意思）。意思是说，我们虽然来迟了一步，但能吃到最好的东西。的确，那个大大的、黄黄的、香香的、脆脆的包芦锅巴实在是太好吃了，在今后的几十年当中，我再也没有吃到过那么好吃的东西过。现在，城里有好多饭店、酒家也有锅巴之类的东西吃，叫"农家特色锅巴"，是用米饭做的，上面放点霉干菜，闻一闻，很香，吃一吃，也很脆，但就是没有我当年吃过的那个大大的、黄黄的、香香的、脆脆的包芦锅巴好吃。

（七）粽子

关于粽子来源的通常说法是：屈原投汨罗江自杀后，当地人为了保全屈大夫的尸体不被蛟龙吃掉，纷纷把包好的粽子投入江中给蛟龙吃，这一习俗一直延续至今，所以端午节吃粽子，成了中国人的传统习俗。但也有专家考证，粽子只不过是民间的普通食品，最初吃粽子也不固定在端午节，说端午节吃粽子是为了祭奠屈原，这是后人附会而形成的，这仅仅反映了民众的心愿而已。但不管怎么说，粽子确实是国人爱吃的一种食品。

中国幅员辽阔，虽然各地都爱吃粽子，但粽子的外形与内容却各不相同。

先说外形吧。

粽子的外形大致有两类。一类是三只角的，近似于三棱锥。兰溪人包的粽子就属于此类；还有一类是四只角的，有点像菱角。我们建德一带的粽子大多属于这一类。

包粽子的材料各地也不相同。两广地区的人用芭蕉叶包，体形很大，一个粽子要一家人同时吃才能吃完；北方地区的人用芦苇叶或茭白叶包；而在我们江浙地区，都用箬叶包。捆扎用的材料和方法也各不相同。有的用棉线绕扎，有的只捆两头，建德人大多捆三匝，而且用的是棕榈叶。用箬叶包、棕榈叶捆的粽子吃起来别有一股清香，而且箬叶有消食之功效，所以箬叶粽不易吃坏肠胃。

再说内容。

无论南北，粽子都是用糯米做主料的，其区别主要在馅上。粽馅主要有两大类，即甜的和咸的。甜粽的主要内馅有豆沙、芝麻沙、蜜枣、松子等，咸粽的主要内馅有鲜肉、火腿、豆腐等。在建德、梅城、乾潭地区的人爱吃甜粽，寿昌、大同等地区的人爱吃咸粽。前几年在乾潭工作时，一到端午、中秋，就有人给我送粽子，可我不大爱吃甜粽，只好又送给别人。我最爱吃的还是老家的咸粽。在我们老家，包粽子真是花样百出。最一般的当然是肉粽。取半肥半瘦的鲜猪肉，切成一指长短粗细，先放在酱油里浸一个晚上，第二天再包。这样的粽子吃起来又鲜又香。家乡的豆腐粽是最具特色的。取半老豆腐剁碎，拌上酱油、味精、红辣椒等，糯米要少，豆腐要多。粽子煮熟后，鲜汁都藏在豆腐里，一口咬去，鲜美无比。现在鲜肉粽和豆腐粽已经成了新安江街上两大类粽。但我吃遍新安江的粽子，还是没有吃到过正宗的寿昌豆腐粽。在家乡，除了豆腐可包粽子外，还有青豆、毛芋甚至霉干菜等，都可用来包粽，而且风味独特。

还有一种粽子即可咸吃也可甜吃，那就是栗子粽。把鲜栗子放在酱油里浸泡后再包，就是咸栗子粽；若把鲜栗子在阴凉处放成半干后再包，那就是甜的。这两种吃法都十分有味，是家乡粽子中的上品。

（八）番薯

番薯姓番，可见它不是中国土生土长的东西。据有关史料记载，番薯的祖籍在美洲，公元1565年传入菲律宾的吕宋岛。明万历二十一年（公元1593年），旅居菲律宾的福建省长乐县侨胞陈振龙，冒着当时西班牙殖民当局"不准将薯种带出境，否则重处"的危险，秘密将番薯藤带回福建，献给福州巡抚金学曾，先在漳州试种成功，后传遍各地。

番薯的学名叫甘薯，因果实长在地下，北方人又称为地瓜。

番薯一经传入国内，就在中华大地上广为种植，并很快就成了中国人仅次于水稻和小麦的粮食作物，居杂粮之首。

番薯好种。

只要在收获季节选好种薯藏好，到了第二年春天取出来种下，很快就会长出藤苗来，等到梅雨季节一到，就可剪下藤苗来扦插。大约四个月光景，就可收获了。而且它对土地的要求不高，只要在根部放一把猪栏肥，它就能很好地生长并结硕果了。在我们江浙一带的丘陵山区，大部分的山地里一年四季都是小麦与番薯轮番种植的。

番薯的吃法很多。

番薯粥。把番薯切成小块，倒入捞过干饭的米汤中煮烂，味道很好。

番薯条（干）。把番薯皮刨净，切成条状（也有切成片状的），煮至半熟，再捞起晒干，就成了街头美眉们的零食了。现在，薯干的制作方法有了改进，有些人只选那种半大不小的南瓜番薯（一种肉质呈橘黄色，多糖少淀粉的番薯），上蒸笼蒸熟（这样糖分不会损失），再用炭火烤干。这种薯干看上去呈半透明的金黄色，味道非常好。

烤番薯。小时候上山砍柴，常到地里偷挖几个番薯，然后烧一堆火，把番薯塞进去煨，等到柴砍好后再起出来吃，味道真是好极了。现在，烤番薯竟成了城里人解馋的零食，番薯粉。番薯含有大量的淀粉，农民们把刚挖来的番薯洗净碾碎，用清水把淀粉冲洗出来，然后沉淀烘干，就是白白的番薯粉。番薯粉无论做粉丝还是蒸肉圆，都很好吃。

番薯糖。番薯挖回来放一段时间，里面的淀粉就会转化成糖，如用麦芽催化，就可制成番薯糖。番薯糖可用来做冻米糖。

番薯的藤和叶也都是宝。藤是很好的猪饲料。嫩的叶和嫩的茎都可以炒了当菜吃。现代科学研究证实，番薯中含有多种人体需要的营养物质，包括蛋白质、糖、脂肪、磷、钙、铁、钾、胡萝卜素等，另外，维生素 B_1、B_2、C 的含量也很高。番薯还含有大量黏液物质，能保持人体心血管壁的弹性，防止动脉粥样硬化，利于保持呼吸道、消化道的润滑。番薯所含的纤维素和果胶能促进肠胃健康。有些人吃过番薯后会腹胀、放屁，就说番薯湿热，其实是错怪了番薯，因为那是番薯帮助肠胃蠕动的结果。所以番薯又有长寿食品之美誉。

（九）麻糍

麻糍，学名叫糍粑，是中国民间的一种冷食小吃。尤其在我们江浙一带，麻糍还是一种承载着丰富民间文化的食品。

在浙江宁波、新昌等地，有清明做麻糍送麻糍的风俗习惯。清明做麻糍是为了在祭扫祖坟之后，作为祭礼分送给所有参祭人员。江山农村的不少地方，有做麻糍庆祝丰收的习俗。永康人在建房、种田和农历七月半，几乎家家户户都要做麻糍。福建厦门的"叶氏麻糍"名闻中外，已经成了当地的一张招牌。建德民间也有做麻糍的习俗，不过不在春节和清明，寿昌一带在农历七月半，梅城一带则在中秋节。而且两地的麻糍在做法和外形上，都不尽相同。

梅城一带的麻糍大多是用糯米磨成粉，蒸熟，然后再做，里面有芝麻馅，圆形，新安江街上叫卖的三都麻糍就属这一类。也有把芝麻馅像花卷一样卷进麻糍内的。寿昌一带的人做麻糍不叫做，而叫舂。他们的做法是，把糯米蒸熟，倒入石臼中用木杵用力舂烂，然后再拿出来放在铺有生米粉的木板上摊平，撒上炒熟的糖芝麻，再切成小方块。舂麻糍时需要一定的人手和劳力，因此，常常是左邻右舍相约一起动手，大家分工合作，各显身手，既忙碌又闹热。年轻力壮的男子轮番上场，挥动捣杵用力捣，还有一人专门负责翻动。捣的人大汗淋漓，翻的人烫得不时发出哟哟声。主妇和帮忙的女人们也在张罗着烧火上蒸，准备好摊麻糍用的面板等。最凑热闹最高兴的当然是小孩子了，他们硬是挤在一起围在石臼边看热闹，等着吃热麻糍。年纪大一点的长辈则一边抽着烟，一边喝着茶，谈论着桑麻之事……

麻糍的传统吃法有多种：一种是趁热粘上有芝麻、花生、糖碾成的混合粉末吃。这种麻糍是实心的，不包馅。寿昌麻糍就属这种类型；一种吃法是把冷了的麻糍放到平底锅里或烤或用油煎热再吃，外脆内滑，香甜可口；还有一种吃法很特别，农家诙谐地称为"牛混浆"。即将糖——一定要地道的蔗糖，熬融化了，再浇上香油或者新鲜的猪油，把滚烫的麻糍扔下去，就势一滚，捞起来，油光滑亮，金色诱人。吃一口，热烘烘的，又香又甜，一直暖到心窝里。

（十）板栗

俗话说，靠山吃山，靠水吃水。说的是住在山里的人，依靠山生活，住在水边的人，依靠水生活。而我在这里借用这句话，是说住在山里的人有山货吃，住在水边的人有水货吃。比如一到秋天，住在水边的人就说，秋风起，蟹儿黄。那么，山里人也有值得吹嘘的，他们说，秋风起，板栗香。

天气一天凉似一天，时节已经进入仲秋，板栗在经过一个夏天的孕育之后，已经长得饱饱满满的了，它们再也经受不住生命力量的冲击，纷纷张开大口，露出油光紫亮的栗子，就像乐得合不拢嘴的老人，在秋风中笑口大开。

板栗又叫栗子，我们这里又有人叫大栗。可以生吃，有甜味；可以炒了吃，很香，也可以炖了吃，很糯，有"干果之王"的美誉。板栗的药用价值也很高，主要功效为养胃健脾、补肾强筋等。

板栗在我国已经有两三千年的种植历史，历史上有许多文人墨客对板栗情有独钟，留下了大量的赞美板栗之作。《诗经》中就有"树之榛栗""东门之栗"之句。唐代大诗人杜甫的"尝果栗绉开"、宋朝晁公翔的"风韵栗房开紫玉"、陆游的"山栗炮燔疗夜饥"、苏辙的"老去自添腰脚病，与翁服栗旧传方。来客为说晨光晚，三咽徐杯自至浆"等，都是咏栗之作。明朝的吴宽喜喜食栗粥，他在《煮栗粥》诗中写道："腰痛人言食栗强，齿牙谁信栗尤妙。慢熬细切和新米，即是前人栗粥方。"写出了栗粥的药用价值。清代无名氏的"堆盘栗子沙深黄，客到长谈索酒尝"，流露出诗人深深的爱栗之情……由此可知，板栗在我国是最有文化品位的干果之一。

板栗也最能勾起人们思乡之情。

我老家的四周种有各种果树，夏有桃李，秋有柿子、板栗。自从离开老家谋食在外，我就很少吃到家乡的果子了。每当有一种果子成熟，母亲就托人捎信来，要我回家尝鲜。而我总是因为杂事的拖累，不能及时回家，等到有空回家，那些果子早已经下山，没得吃了。只有板栗是干果，不仅保鲜期长，而且容易携带，母亲就挑上一大袋子颗粒饱满的，或托人带来，或亲自送来。吃着这些带有家乡泥土芬芳的果子，浓浓的思乡之情顿时溢满情怀。

上世纪 80 年代末 90 年代初，我在杭州进修，那两年，我就特别想念家乡的果子，特别是板栗。到了秋天，杭城的大街小巷常有糖炒板栗或沙炒板栗的香味飘来，那味道不仅深深地刺激着我的嗅觉，更让人陡生思乡之情，禁不住就买上一大把来解馋，吃着吃着，思绪就飞到了家乡。

还有一种野生的栗子，我们叫它毛栗，也是一种很好吃的山果。梅城乌龙山、航头清水塘等山上特别多。这种栗子的籽儿只有大黄豆那般大小，但吃起来要比种植的香得多……

（十一）撑子

撑子是油豆腐撑子的简称，是寿昌城里特有的吃食。

其做法是：把油豆腐里面掏空，塞入腌菜豆腐冬笋肉等，上蒸笼蒸，再用调好的汤料煮透即可。关于撑子的起源，还有一个传说：

相传，明朝中叶，寿昌城里洪家公子洪景德以熟读《春秋》而被选入南监深造。宣德十年，洪景德在南京参加乡试中举。第二年，洪景德赴京参加会试，遇九年前浙江乡试第一的同乡，淳安人商辂，两人相谈甚欢，遂成知己。放榜后，商辂又得了第一名，洪景德却落榜了，

洪景德心灰意冷，回到家乡，郁闷了好久。突然有一天，街上鼓乐声起，家人出门看时，见有人骑着高头大马大声喊：请洪景德出来接旨。

洪景德赶紧出门跪地接旨。只听诏书上说，授洪景德南昌府通判。

稍作准备，洪景德即赴南昌就任了。

洪景德来到南昌，正准备大展宏图，报效国家，却传来了母亲去世的消息，他只得匆匆赶回家。

料理完母亲的后事，洪景德经常只身一人，来到寿昌西郊散心。这里美丽的自然景色，多少慰藉着洪景德那颗伤痛的心。

第二年，朝廷任命洪景德为松江府（今上海）通判。洪景德来到松江，不遗余力地治水、修桥。在任六年，政绩斐然，深得朝野称许。

洪景德在外为官多年，思乡之情日甚，尤其是家乡的美食——油豆腐撑子，每当想起，总让他馋涎欲滴，归田之意也就越发强烈了。

成化年间，洪景德终于辞官归田，在寿昌城西的一座小山丘旁，筑亭一座，名之曰"田园自乐亭"。每当游玩累了，就休憩于自乐亭中，品尝着咬一口就汁水横流的油豆腐撑子，日子过得

十分逍遥自在。

洪景德归田后不久，已是吏部尚书兼谨身殿大学士的商辂，也因不满汪直等人的胡作非为，愤然辞官，回归故里淳安里商。

与洪景德一样，回乡后的商辂，也是四处游山玩水，他常到寿昌，与好友洪景德相聚于"田园自乐亭"中。洪景德常用油豆腐撑子招待商辂，商辂每次吃罢，都意犹未尽，所以，他在《田园自乐亭记》中，揶揄洪景德，不要光顾自乐，一定要与人同乐才对。

洪景德与商辂往来多年，每次相聚，油豆腐撑子是他们必吃的，他们的家厨也把油豆腐撑子做得越发精致，渐渐地，油豆腐撑子的做法流入民间，遂成为寿昌城乡招待贵客必上的一道佳肴。

（十二）土酒

建德产酒。

建德酿酒的历史，有据可查的，可追溯到宋代。宋人罗大经在《鹤林玉露》中说，临安（杭州）城里人，很喜欢喝一种酒——潇洒泉酒。这是一种什么样的酒，我们不得而知，但就其酒名，可能与范仲淹有关，因为范仲淹有《潇洒桐庐郡十绝》，而且，这种酒可能是用乌龙山麓的泉水所酿。

元朝末年，朱元璋打败陈友谅，在南京建立大明王朝，他把陈友谅的旧部，陈、钱、林、李、袁、孙、叶、许、何九姓贬到水上，不准他们上岸。为了健康和生存，九姓人尝试用各种草药泡酒，以祛风湿。由此，五加皮酒诞生了。

　　五加皮酒是在白酒中加入五加皮、人参、肉桂、茯苓等几十种中药材浸泡而成的。五加皮有"补中益气，坚筋骨，强意志，久服轻身耐老"（李时珍《本草纲目》）的功效，民间有"宁得一把五加，不要金玉满车"的谚语。

　　清乾隆二十八年（1763），徽州商人朱仰懋，来到严州府后，发现五加皮酒中潜藏着无限的商机，于是就广泛搜集、潜心研究民间的五加皮酒配方，让民间酿酒技艺，与中医中药巧妙结合，最终形成了严东关五加皮酒的独家配方。他还选择了严东关这块风水宝地，专门生产销售五加皮酒，并冠以"致中和"（语出《中庸》中的"致中和，天地位焉，万物育焉"）的名号。

　　清咸丰年间，严州府城内的九德堂、济成堂等几家中药店，采用前店后坊的经营方式，自泡自销五加皮酒，经济效益十分可观，众多商家也群起而仿之。严州城里的巨商胡亨茂干脆到严东关办起了"胡亨茂东号"酒厂，专门生产五加皮酒，严东关五加皮酒的名气一时大盛，其名声很快就越出了浙江，远达上海、江西、安徽、福建、广东等地，甚至还漂洋过海，到达东南亚各国。清光绪二年（1876），严东关五加皮酒在新加坡南洋商品赛会上获金奖，民国四年（1915），在巴拿马万国博览会上获银奖，民国十八年（1929），在西湖国际博览会上获优质奖。

　　用来浸泡五加皮的，一般都是高粱酒，原因是这种酒度数高，成本低，口感也好。但建德不是高粱的盛产地，因此，大多高粱酒，都从外地采购。

　　高粱酒是白酒。建德人叫白酒为烧酒，是"吊"出来的，学名叫蒸馏酒。建德人常用荞麦、莲子、番薯、小麦、玉来（又叫包罗、六谷）等为原料吊酒，分别名之曰荞麦烧、莲子烧、番薯烧、小麦烧、包罗（六谷）烧，其中以莲子烧最为名贵。旧时，山区农民也会到山上挖一种叫金刚刺的植物块根，用来吊酒，金刚刺酒是一种比较低档的土烧，后来发现，金刚刺有祛风湿的功效，于是乎，金刚刺酒就成了名土酒。

还有一类酒是酿造酒，又称发酵酒、原汁酒，是用酵母，把含淀粉和糖质的原材料（以糯米为主）进行发酵，经过过滤而形成酒。

建德绝大多数地方的酿造酒，都是用糯米做的，叫水酒。

把糯米蒸熟，用凉开水冲凉，伴入酒药（酵母），密封在缸里，大约发酵二十天后，开缸冲入适量的凉开水，再发酵一个月左右，沥去酒糟，把酒倒入锅里煮到快开后，舀起，待凉后灌入酒坛存放。这种酒看上去呈琥珀色，喝起来略带一点甜味，是过年待客的上好饮品。

如果用白酒代替凉开水，那么酿出来的酒就是蜜酒。蜜酒的度数要比水酒高得多，甜度也高得多，所以很容易把人喝倒。

建德还有两种土酒很有名，一种叫大曲酒，一种叫红曲酒。

大曲酒又叫土曲酒。酿大曲酒所用的酒药，是用一种叫蓼草制成的。大曲酒的色泽比绍兴黄酒淡，但其酒甘洌醇厚，盛在碗中，可以高出碗面。口感也特别好，入口不冲，但后劲很足。

红曲酒的酿制法与水酒差不多，色泽红润，口感介于水酒与大曲酒之间，醇中带甜。

现在，又有一种新型的草莓酒诞生了，加上传统的浸泡酒——杨梅酒、猕猴桃酒、鸡爪李酒等，建德的酒可谓名目繁多，品种齐全。

后 记

　　江南之于中国，不仅是一个区域，它更像是一段乐曲，这段乐曲由小桥、流水、桃李、杏花、菱藕、莼菜、油纸伞、马头墙等音节组成。春江也是这段乐曲里的一个音节，春山、春雨、香椿、杨梅、桑葚、麻雀、马兰头、五加皮等，都是它的音符。我生在江南，长在江南，工作在江南，一辈子都没有离开过江南。按理说，像我这样在江南这个有诗意的地方生活了那么久的人，应该也是一个很有诗意的人。可是我辜负了江南，无论我在江南这片天地里如何行走，我都没能摘得一朵有诗意的云彩。

　　我的工作先是做先生（老师），后是做记者、编辑。可以说一辈子都与文字打交道。

　　做先生时，与山里的孩子以及他们的父母相处久了，自然也学会了很多农事、家务事。我工作的地方十分偏僻，一到放学，身边就很少有人。那时我年轻，又爱幻想，可是，身边除了几本破书外，什么都没有，与外界几乎隔绝。我只好在学校的周边开荒种菜，自己学会了做饭做菜，也学会了喝酒。到村里看戏看电影，那简直是赶集。

　　每当周末或假期，我会一个人往山里走，每次都要行到水尽处为止，然后坐看云时起方回，我用这样的方式，打发了一段又一段无聊的时光。有时回到宿舍，会把这一天的感受写在笔记本上，那纯粹是一种消遣。偶然的一次，我把这种"消遣"的副产品，拿给一位远道而来看望我的同学看，他说，你为什么不把它寄给报社呢？我按他说的去做了。过了没几天，我那纯属"消遣"的东西，居然成了某报上的一片铅字。从此，我就经常做这种"消遣"的事。

　　因为我喜欢这种"消遣"方式，新成立的县报就来要我去做编辑。

　　都说编辑是"为他人做嫁衣裳"的行当，可我乐此不疲。从来稿中，我可以间接地感知那些知名和不知名的作者的生活，他们是不是也和我一样，常做些"消遣"的事？他们的酸甜苦辣通过来稿，与我分享。有时，我也写点文字，给自己的版面补补白。收在这本小册子里的，大多是当年的"补丁"。

　　我的老家在离县城二十多里的山里。那里青山环抱，溪水东流。一条小路一头连接着外面的世界，一头伸向村后的高山。屋后有一泓清泉，无论晴雨，泉水清澈如镜。泉眼四周的青石上，长满青苔和石菖莆。头顶的高树，遮去了大半个天空，每到夜晚，鸟儿们都在这里栖息。睡在老屋的楼上，听窗外水石相击，叮咚悦耳，如鸣佩环。与悦耳的泉水声相和的，还有门前池塘里的蛙声，这些声音，把山村的夜晚，带入更为幽静的世界。可是自从离家出来工作后，我就很少在家过夜了，家乡的一切，全都刻在了我的梦中，流入到我的文字里。

　　我的工作让我有很多机会在新安江两岸徜徉。新安江是建德的母亲河，它的上游有个千岛湖，下游有个富春江小三峡，千年州府梅城雄踞于三江口，沿江两岸风光旖旎，文化积淀深厚，是一幅永远都看不厌的画卷，是一本一辈子都读不完的书。雨中的新安江，更是一位娇媚的少女，她欲遮还羞，欲语还止，虽有千般颜万般色，终是画不尽她的神姿，而春天的新安江，更是让人一醉不起。

我为自己能在"烟雨春江"上沉醉一辈子而倍感幸运。

想不到，我会在很多年以后，再来编这本书。要不是陆春祥老师的鼓励，我真的没有勇气，把我之前写的这些稚拙的文字收集在一起。

我已经在本书的序言里说过，这本书里的大部分文字，都是当年用来给报纸副刊补白的"补丁"，既然是"补丁"，"小"而"丑"是它的特征，但我舍不得丢弃，这就是所谓的敝帚自珍。

近几年，我一直在"行走"。我把我的家乡——建德，走了个遍，大凡开车能到的地方，我基本上都到过了。我用记者的眼光去观察、审视每一个村庄的过去和现在，试图把这些村庄的历史、文化、传说等，都一一加以整理，目的是想让读者对自己生活、工作的地方，有更多的了解，也给我所编的报纸副刊增加一点可读性。于是就有了《行走寿昌江》《走读三江》，以及《其地可居》《大同村坊记》《乾潭村坊记》《寿昌村坊记》等。至于"补丁"，就少了许多。所以，编这本书，还有一个目的，就是不让当年的"补丁"散失。

2021 年秋于新安江畔